Roman. - Nouvelle Série. - N° 17

N° 66 — 24 Septembre 1921

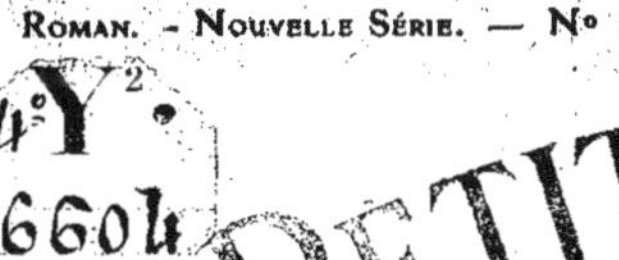

LA PETITE ILLUSTRATION

ROMAN — THÉATRE

Revue hebdomadaire

PUBLIANT DES ROMANS INÉDITS ET LES PIÈCES NOUVELLES
JOUÉES DANS LES THÉATRES DE PARIS

CLAUDE ANET

Quand la terre trembla...

Roman

IV

ABONNEMENT ANNUEL

(L'Illustration et La Petite Illustration réunies).

France et Colonies ... 120 francs ✂ ✂ Étranger . . . . 160 francs

---

13, rue SAINT-GEORGES, PARIS (9°)

LA VIE LITTÉRAIRE

LA RACE NOIRE A-T-ELLE UNE LITTÉRATURE ?

Si l'on estimait que l'existence d'une littérature dépend des seules facilités d'expression que peut offrir une langue, la littérature nègre serait une réalité riche et vigoureuse. Le malheur est que nous nous trouvons ici non point en présence d'une langue, mais d'une infinité de langages.

On trouve, dans l'Afrique des Noirs, d'après le tableau de Cust, environ 591 langues et dialectes. Le seul groupe Bantou, qui comprend des millions d'Africains, de la Cafrerie au golfe de Guinée, emploie 168 langues, excessivement riches, affirme encore Cust. « Chaque monticule, colline, montagne, ou pic a un nom, ainsi que chaque cours d'eau, chaque vallon, chaque plaine ; discuter le sens de ces noms prendrait une vie d'homme. La plénitude du langage est telle qu'il y a des vingtaines de mots pour marquer la variété de la démarche, de la flânerie, de la fanfaronnade. » Krapf et Steere, qui ont curieusement et longuement étudié ces langues, louent leur beauté plastique et Wilson remarque en particulier qu'elles sont douces, simples, flexibles à un degré illimité ; que leurs principes grammaticaux sont fondés sur une base très systématique et très philosophique et que le nombre de leurs mots peut être augmenté à l'infini.

Des langues que l'on déclare à ce point complètes ont-elles donné une littérature ? *L'Anthologie nègre* (Edit. de *la Sirène*, 20 fr.), que vient de publier M. Blaise Cendrars, réunit des contes, des chants et des proverbes. Les missionnaires et les explorateurs ont rapporté en Europe ces « meilleures pages », parmi lesquelles M. Blaise Cendrars a pratiqué à son tour une sélection.

Il est curieux, à travers ces légendes cosmogoniques ou historiques, ces personnifications panthéistiques, ces inventions de merveilleux, de chercher ce qu'est la pensée, l'imagination des noirs, leur sens de l'amour, de l'idéal, du divin. Nombre de groupes ont, sur l'origine du monde, sur les conflits entre la créature et le créateur, sur la séparation et la dispersion des êtres par la terre, des idées et des images qui peuvent être assez curieusement rapprochées des premiers récits de l'Ancien Testament. On apprécie mal, dans une traduction qui toujours trahit le texte original, la valeur de l'expression lyrique. Il s'agit, si l'on en juge d'après les idées et la qualité de l'invention, d'une littérature demeurée à son premier âge. Certaines de ses imaginations rappellent les thèmes de nos vieux fabliaux, mais avec moins de malice et plus de puérilité. L'expression est ingénue et brutale. Il y a parfois une certaine drôlerie, mais d'un réalisme lourd et gras qui sent la plaisanterie d'esclave.

Par contre, on note, ici et là, des proverbes où se manifeste ingénieusement cette sagesse des nations à ce point universelle qu'on la retrouve jusque dans les paillotes des tribus nègres.

Voici par exemple quelques aphorismes haoussas :

« L'homme patient ferait cuire une pierre jusqu'à ce qu'il en boive le bouillon. »

« Le mensonge donne des fleurs, mais pas de fruits. »

« Le mensonge peut courir un an ; la vérité le rattrape en un jour. »

« Le silence, c'est le salut. »

Les proverbes sessouto ont aussi de curieuses images :

« La sagesse n'habite pas dans une seule maison. »

« La ruse mange son maître. »

« Celui qui veut battre son chien trouve toujours un bâton. »

« L'accident qui tue ne s'annonce pas. »

« La mort est dans les plis de notre manteau. »

« Les sourires se rendent. »

« Un homme tombe avec son ombre. »

« Les affaires d'un mort ne vont jamais bien. »

« La guerre est une vache qu'on trait au milieu des épines. »

Enfin citons ces trois proverbes engouda :

« Si l'on ne peut tout d'abord construire une maison, qu'on s'établisse dans une hutte. »

« A la vue de l'épervier on n'expose pas ses poules sur le rocher. »

« Celui qui ne peut prendre une fourmi et qui s'acharne contre l'éléphant ne peut que se perdre. »

Le livre de M. Blaise Cendrars est une compilation qui se réduit à son rôle de compilation. On eût aimé, en introduction, une étude un peu substantielle qui nous aurait donné au moins quelques idées générales sur la production « littéraire » de certains des principaux groupes nègres. Du moins M. Cendrars nous a-t-il constitué, sur le sujet, une bibliographie qui paraît très complète et qui est, de ce fait, infiniment précieuse. Les pages réunies dans l'anthologie même ne nous offrent pas les éléments nécessaires pour conclure à l'existence d'une littérature digne de ce nom ; car, pour se réaliser, une littérature doit posséder non point des germes d'œuvres : chansons, contes, aphorismes essaimés en cent dialectes, mais des œuvres achevées où la pensée se concentre et se développe, avec une forme d'art, en puissance et en lyrisme.

*
* *

DEUX ACADÉMICIENS COMME IL N'Y EN A PLUS

Ils vécurent à deux siècles de distance : l'un fut l'abbé de Choisy, dont la singulière existence nous est racontée avec un tact amusé par M. Jean Mélia. L'autre, Charles Brifaut, de qui le docteur Cabanès vient de rééditer les souvenirs, se vit accorder les honneurs académiques pour avoir fait représenter une assez mauvaise tragédie : *Ninus II*. Choisy et Brifaut n'ont d'ailleurs aucun autre point de contact que de figurer ensemble dans les souvenirs de famille de notre plus illustre compagnie.

Il y a, dans *l'Étrange existence de l'abbé de Choisy, de l'Académie française* (Emile-Paul, éditeur, 6 fr.), un bien curieux dédoublement de personnalité. Abbé de Saint-Seine en Bourgogne dès l'âge de dix-huit ans, François-Timoléon de Choisy a écrit très pieusement sur l'immortalité de l'âme, sur l'existence de Dieu, sur l'interprétation des Psaumes, sur les vies de Salomon, de David, de saint Louis. Il a entrepris et achevé une histoire de l'Eglise en onze volumes et, à la demande de Maintenon, il a imaginé des récits de morale en action à l'usage des demoiselles de Saint-Cyr. L'abbé de Choisy a laissé la réputation d'un homme de courage, car on le vit marcher, avec son frère, à la tête d'un régiment lors du passage du Rhin par Louis XIV. L'abbé de Choisy était un esprit aussi adroit et souple que docte, car on en fit un ambassadeur auprès du roi de Siam. Enfin, son élection à l'Académie ne rencontra point de résistance. « Vos qualités personnelles ont enlevé tous les suffrages », lui dit Charles de Coislin en le recevant sous la coupole. « L'assiduité à vos séances me tiendra lieu de mérite », répond modestement Choisy. Tel fut ce prêtre-académicien-diplomate, homme de cour et homme du monde. Mais il n'y a là, encore, sous ces aspects cependant très divers déjà, que l'une des deux person-

Voir la suite à l'avant-dernière page de la couverture.

QUAND LA TERRE TREMBLA...
par CLAUDE ANET

La perquisition commença. Le bureau fut fouillé. On n'y trouva rien. Ici Savinski était tranquille. Il n'avait pas un papier compromettant. Du reste, depuis que Lydia était près de lui, il avait recouvré son calme. Il avait l'impression d'assister à un spectacle où il ne tenait aucun rôle. Ses nerfs, après tant de secousses, étaient insensibles. Il regardait avec curiosité les deux commissaires poursuivre leurs recherches. Ils s'y montraient assez maladroits. « Ils ne savent pas leur métier, pensa-t-il d'abord. Autrefois la police travaillait mieux. » Ils ne trouvèrent même pas une somme importante en billets de banque que Savinski avait cachée sous un coin du tapis qu'il avait décloué. Il y avait plus d'une centaine de mille roubles en billets anciens. Mais leur maladresse, à la regarder de plus près, lui parut jouée. Oui, manifestement, ils faisaient semblant de chercher avec zèle de façon à n'être pas dénoncés par les gardes rouges, mais ils voulaient aussi que Savinski ne fût pas leur dupe.

Ce jeu l'amusa un instant.

Soudain une idée lui vint. Peut-être pourrait-il encore sauver Lydia qui se tenait étroitement serrée contre lui et dont le souffle frais effleurait sa joue.

— Messieurs, dit-il, avez-vous à cette heure-ci à la Gorokhovaia un chef responsable avec qui entrer en communication?

— Sans doute, Nicolas Vladimirovitch, sans doute, répondit le commissaire Zoubof. Notre chef, le camarade Ouritski, doit être encore à la préfecture... En réalité, notre travail se fait surtout de nuit.

— Eh bien, alors, voudriez-vous être assez aimable pour lui exposer, par téléphone, le cas particulier dans lequel je me trouve. L'affaire pourrait être arrangée ainsi et je vous garderai une longue reconnaissance de votre bonne volonté...

Les commissaires consentirent, mais l'officier fit remarquer qu'il faudrait transmettre le nom de madame...

Lydia écoutait depuis un instant sans arriver à comprendre de quoi il s'agissait. Il y avait là un mystère qu'il fallait percer.

— Vous voulez mon nom, leur dit-elle, le voici sur une pièce d'identité...

Elle leur tendit une pièce officielle où son nom, son âge, sa résidence étaient portés...

Zoubof se mit au téléphone et, en un clin d'œil, eut la communication avec la préfecture à la Gorokhovaia. Il commença à exposer la demande de Savinski... Lorsque Lydia vit de quoi il s'agissait, elle se leva aussitôt et, s'adressant à son ami avec une extrême agitation, elle lui dit à voix basse :

— Quoi, Nicolas, on t'arrête... Je croyais qu'il ne s'agissait que d'une perquisition... Es-tu en danger? Que va-t-on faire de toi?

— Il ne s'agit pas de moi, chère petite, fit Savinski. Oui, on va me mener en prison, mais tu sais que cela arrive à beaucoup de braves gens aujourd'hui; j'y serai deux ou trois jours, puis on me relâchera. Cela n'a aucun intérêt, mais c'est de toi que je me préoccupe. L'ordre est si sottement conçu que toute personne trouvée dans mon appartement doit être arrêtée aussi. Et quand même tu serais libérée presque tout de suite, je voudrais t'éviter cette horrible prison...

Il n'en dit pas davantage, déjà Lydia s'enflammait :

— Puisque tu vas en prison, j'y serai avec toi...

Un débat s'engagea entre eux, Savinski voulant lui persuader qu'elle lui serait mille fois plus utile en restant libre, mais Lydia était butée à l'idée de ne pas le quitter. Pendant leur entretien qui se faisait à voix très basse, on entendait des bribes de conversation de Zoubof au téléphone :

— Oui, camarade Ouritski... Je comprends... Dix-huit ans... Ah! ah!... charmante, oui... C'est pour cela que je me suis permis de vous appeler...

Et soudain, il raccrocha le récepteur, se gratta la tête, et, se tournant vers Savinski :

— Rien à faire, dit-il, il faut aller à la Gorokhovaia, mais pour vous, Lydia Serguêvna, cela ne durera pas longtemps.

Il fut bien étonné de voir que le visage de la jeune fille montrait la plus grande satisfaction.

Cependant il restait à perquisitionner dans les autres pièces de l'appartement. Les soldats, las d'attendre, avaient gagné la cuisine. La fatigue prenait peu à peu Savinski et Lydia. Ils ne parlaient pas. Savinski était plongé dans de noires réflexions; pour l'instant, Lydia, plus jeune, ne songeait qu'à lutter contre le sommeil. La vieille Annouchka le vit; elle eut pitié d'elle et s'approcha de la jeune fille :

— Je vais vous préparer à déjeuner, dit-elle. Vous n'aurez pas grand'chose à manger là-bas. J'ai allumé le fourneau, le café sera prêt dans un instant...

Elle caressa le bras de Lydia et retourna à son travail. Quelques moments plus tard, elle revint, apportant du café chaud, du pain et du beurre. Savinski invita les commissaires à déjeuner avec eux et l'on improvisa ainsi un repas matinal. A peine à table, Lydia se mit à dévorer des tartines. Elle but coup sur coup deux grandes tasses de café. Elle était dans un accès de joie telle que sa bonne humeur devint contagieuse et arracha Savinski à ses préoccupations. Quant aux deux commissaires, ils étaient radieux. Jamais, dans l'exercice de leurs fonctions, ils n'avaient rencontré pareille bonne fortune. La conversation, grâce à Lydia, fut animée; il n'y avait là ni chasseurs bolchéviques, ni proie bourgeoise. Il n'y avait que des êtres humains réunis par le hasard de la vie et qui trouvaient fort agréable, après une nuit quasi-blanche, de s'asseoir à une table et de se restaurer.

Il fallut pourtant partir. Il était passé six heures. Avant de quitter la maison, Savinski donna l'ordre à Annouchka de téléphoner dès neuf heures chez Siméonof pour lui faire savoir qu'il était en prison à la Gorokhovaia. « Vous ne parlerez que de moi », lui dit-il.

Ils sortirent. Deux soldats furent laissés dans l'appartement, à la grande indignation d'Annouchka, qui redoutait les vols probables.

Une automobile attendait à la porte. L'obscurité était encore complète et le froid vif. Les deux commissaires, avec beaucoup de politesse, installèrent Savinski et Lydia dans le fond de la voiture et s'assirent sur le siège de devant.

A travers une ville morte, ils arrivèrent en quelques minutes à la Gorokhovaia.

XV

A LA GOROKHOVAIA

Le vestibule de la préfecture, à la Gorokhovaia, était plein de soldats. Savinski et Lydia furent conduits dans une grande pièce, au premier étage.

Lydia, sûre de n'être pas séparée de Savinski, n'avait pour l'instant aucun souci ; l'excellent déjeuner qu'elle avait pris avant de partir avait fait disparaître la fatigue d'une mauvaise nuit. Elle n'était plus que curiosité. Ils se trouvaient dans un vaste salon qui avait dû faire partie des appartements de réception du préfet. Il en conservait encore quelques fauteuils et chaises capitonnés et recouverts d'une soie bleu pâle, et un tapis à la machine, moderne, dont les couleurs étaient effacées. Dans un angle de la pièce, derrière quelques tables rangées en arc de cercle, deux employés travaillaient. Devant eux, un accusé se tenait debout. C'était, à en juger par sa tenue, ce qu'on appelait alors un « bourgeois », état suffisant pour être classé comme suspect. Les employés remplissaient lentement des fiches, des formulaires, ouvraient des registres. Cet ordre administratif surprit Lydia à qui il paraissait incompatible avec l'idée qu'elle se faisait des procédés employés sous le règne de la Terreur, décrété par les bolchéviques. Et puis le calme de cette pièce, son aspect tranquille et riche, le manque de tragique qu'il y avait en tout cela ! Elle fit part de ses réflexions à Savinski à mi-voix.

Il haussa les épaules et sourit.

— La bureaucratie ne mourra jamais chez nous. Lénine sera impuissant à la détruire. Même les actes illégaux seront toujours faits dans les formes.

Il tâchait de ne pas paraître soucieux, de montrer la liberté de son esprit, de façon à ne pas alarmer la jeune fille, et l'effort qu'il faisait dans cette direction finissait par avoir le plus heureux effet sur son humeur.

Leur tour vint de passer devant les fonctionnaires dans le coin de la pièce. Ils multipliaient les formalités d'écrou. Il fallut enfin remettre son portefeuille. Les employés donnèrent un reçu en forme de l'argent qu'il contenait. Mais Savinski, qui avait suivi avec intérêt ce qui s'était passé quand le précédent « bourgeois » avait été incarcéré, avait prudemment glissé quelques centaines de roubles dans la poche de son pantalon.

Deux soldats les attendaient à la porte. C'étaient deux Lettons à la figure dure et maigre. Ils gravirent un escalier en colimaçon dont les ouvertures intérieures donnaient sur le vestibule d'entrée. A chaque ouverture, une mitrailleuse était braquée sur l'intérieur de la porte qui ouvrait sur la Gorokhovaia et un soldat montait la garde. « Comme ils ont peur d'un coup de force ! pensa Savinski. Ils ne se sentent pas très solides. » Au deuxième étage, ils s'arrêtèrent devant une petite antichambre pleine de gardes rouges. Leurs conducteurs échangèrent quelques mots avec le chef du poste.

— C'est plein, chez nous, dit celui-ci avec bonne humeur.

Au troisième étage, même réponse.

Au dernier étage, enfin, ils furent admis dans la petite antichambre où cinq ou six soldats fumaient. A une table était assis un tout jeune homme à peine âgé de vingt ans, un petit juif à l'air farouche et important, aux cheveux noirs, crépus, en broussailles, qui avait devant lui un registre où il couchait les noms de ses hôtes. Il prit celui de Lydia d'abord et lui demanda ensuite pour quelle cause elle était arrêtée. Lydia, qui le dévisageait avec curiosité, répondit d'une voix claire et sans trahir le moindre embarras :

— Je n'en sais rien. Si vous voulez me l'apprendre, vous me ferez plaisir.

Les soldats sourirent, mais le petit employé fronça le sourcil.

— Je pense que vous êtes arrêtée pour raisons politiques, fit-il gravement. Nous allons mettre « contre-révolution ».

Cette fois-ci, un des soldats, un grand diable dégingandé qui ne quittait pas des yeux cette enfant si belle, rit ouvertement.

— Fouillez la prisonnière, dit le gamin d'une voix rêche à un soldat debout près de lui.

Savinski eut un sursaut et s'approcha de Lydia.

Elle se tourna vers lui et, d'un coup d'œil, le supplia de ne pas intervenir. Le soldat hésita, regarda Lydia, se balança sur ses deux jambes, haussa les épaules et finalement répondit :

— C'est inutile, Léon Davidovitch. Vous voyez bien que c'est une enfant...

Tous les soldats présents montraient par leur contenance qu'ils approuvaient l'attitude de leur camarade. Le petit employé blêmit de rage, mais il n'osa pas renouveler son ordre. Il murmura quelques mots inintelligibles dont on entendit seulement la fin.

— ... L'ordre est formel, je le ferai moi-même.

Il se leva, vint à Lydia, et, comme pour la forme, se contenta de tapoter légèrement sa fourrure à la hauteur des hanches.

Lorsque Savinski eut répondu aux questions posées et qu'on se fut assuré qu'il ne portait pas de revolver, un des soldats poussa une porte vitrée et ils furent introduits dans le logement qui leur était destiné.

C'était une grande pièce carrée, basse de plafond, à peine éclairée par une seule lampe électrique pendant au bout d'un fil au centre de la chambre. Par l'unique fenêtre qui regardait sur la cour, pénétrait une pâle lueur qui annonçait la prochaine et tardive arrivée de l'aube. Une odeur âcre, tiède, suffocante, faite de la respiration des hôtes de la prison, de leur sueur, du cuir de leurs bottes, de la paille de leurs matelas, des planches à moitié pourries du parquet, de la fumée rance des cigarettes, arrêta Lydia et Savinski à leur premier pas et les cloua sur place. L'épreuve était plus dure encore que ne l'avait imaginée ce dernier. Il sentit la pression du bras de Lydia sur le sien, mais elle ne dit rien. Cependant leurs yeux s'habituaient à la demi-clarté qui régnait dans la salle et le spectacle qu'elle offrait leur serra le cœur. Des lits de camp, pressés les uns contre les autres, l'emplissaient toute, laissant à peine un étroit passage libre au centre et deux allées qui conduisaient à des portes ouvertes dans la cloison, à leur gauche ; sur une table, un homme était couché, enveloppé d'un manteau militaire qui lui couvrait la tête; on ne voyait de lui que l'extrémité de ses bottes en porte-à-faux. Sur les lits de camp, et parfois à même le plancher, des hommes étaient étendus dans un affreux désordre, souvent trois d'entre eux occupant deux lits. La plus grande partie de ces prisonniers dormaient, d'un sommeil agité, parfois coupé de gémissements; des mouvements nerveux les secouaient, les faisaient se retourner sur leur couche dure et étroite ; des bras étaient brandis en l'air ; des mains fiévreuses grattaient des nuques piquées par la vermine. D'autres, allongés sur le dos, la bouche ouverte, ronflaient. Dans un angle, la petite pointe rouge d'une cigarette brillait comme un ver luisant égaré dans un jardin infernal.. Un petit bossu, hagard, la figure frénétique, surgit soudain de sa couche, courut sous la lampe, tira un calepin de sa poche et, fébrilement, y inscrivit quelques mots... Puis, jetant un regard méfiant sur les nouveaux arrivés, il regagna sa place.

Savinski aperçut enfin, près de la table, un banc sur lequel il y avait une place libre. Il y conduisit Lydia, s'assit et la prit sur ses genoux. Elle se serra contre lui, l'embrassa doucement sans parler. De nouveau une fatigue insurmontable l'accablait. Elle s'endormit aussitôt. Lorsqu'elle se réveilla, une heure plus tard, il faisait jour déjà, le jour gris, triste, des matinées d'hiver de Petrograd, un jour si pâle qu'il fait regretter la nuit. Elle ouvrit les yeux et reprit d'un seul coup conscience de la situation dans laquelle elle se trouvait. Elle vit Savinski près d'elle. Elle lui sourit tendrement et la figure grave et fatiguée de son amant s'éclaira. Il caressait avec douceur la main de la jeune fille appuyée sur sa poitrine.

Déjà la grande salle s'animait. Des prisonniers se levaient ; ils semblaient harassés et se détendaient en soupirant. Beaucoup allumaient tout de suite une cigarette.

Une heure de sommeil avait rendu à Lydia sa fraîcheur. Elle avait repris une entière tranquillité d'esprit et acceptait avec bonne humeur ce qu'elle appelait une aventure.

— Cette fois-ci, dit-elle en plaisantant à Savinski, je sais au moins quelque chose de la révolution, c'est que cela sent très mauvais.

Des gens venaient à eux, des conversations s'engageaient. La présence de Lydia faisait sensation. Elle avait gardé sa fourrure, mais, à cause de la chaleur de la pièce, l'avait entr'ouverte par le haut. Son cou frais et la poitrine légèrement décolletée apparaissaient. C'était comme si l'on eût apporté des fleurs dans l'air empoisonné d'une chambre de malade. Savinski demandait des détails sur la vie de la prison. La seule chose qui le préoccupait pour l'instant était de savoir à quelle heure on les interrogerait, car il était essentiel que Lydia pût rentrer chez elle pour le déjeuner. Ainsi personne ne saurait où elle avait passé la nuit. Les renseignements furent mauvais. Une douzaine de prisonniers affirmèrent aussitôt qu'ils étaient là depuis trois, quatre ou cinq jours, sans avoir été appelés par Ouritski, sans connaître le motif de leur arrestation. Un officier causait avec Lydia. C'était un homme jeune, il riait et plaisantait. Il avait l'air de s'adapter sans peine à l'existence de la prison. Elle remarqua avec étonnement que ses mains tremblaient tandis qu'il lui parlait. « Comme il a peur ! » pensa-t-elle. Cette impression lui fut désagréable, mais ne fit que l'effleurer. Il y avait en elle une source de bonheur si abondante que rien ne pouvait la tarir. Elle ne songeait même pas à la possibilité d'une longue détention de Savinski. Tant d'autres avaient déjà été arrêtés ainsi, puis relâchés au bout de quelques jours ! Les prisons de Petrograd, pourtant immenses, ne pouvaient suffire à loger la moitié de la population... Pour l'instant, elle était entourée de personnes aimables qui s'empressaient pour lui plaire ; elle avait son amant à côté d'elle; elle ne voulait pas voir plus loin.

Il y avait dans cette salle le mélange le plus étonnant qu'on pût imaginer. Des contre-révolutionnaires, c'est-à-dire des officiers de tous grades, quelques bourgeois notables, puis des spéculateurs, un groupe de quatre personnes qui avaient fait un coup hardi en accaparant du platine, puis des prisonniers de droit commun, des escrocs, de simples voleurs arrêtés dans la rue. L'aristocratie de ce groupe-là était composée par une petite bande de faux monnayeurs qui avaient adroitement mis en circulation quelques milliers de faux billets « Kerenski ». Ils avaient un air satisfait d'eux-mêmes et portaient haut la tête. Un tiers au moins des prisonniers étaient des bolchéviques arrêtés pour concussion. Un homme fort occupé à préparer le thé sur une table à l'aide d'une lampe à esprit de vin, en apporta un verre à Lydia, qui l'accepta avec grand plaisir. Et comme elle allait boire il lui dit : « Attendez, attendez », tira triomphalement de sa poche assez sale un morceau de sucre et prononça :

— C'est le seul qui me reste !

Lydia n'osa pas le refuser. Elle apprit d'un de ses voisins que l'homme au sucre était un commissaire qui, envoyé en Sibérie porter de l'argent aux troupes, avait prétendu avoir été volé en route.

Cependant, le chef de la chambrée vint présenter ses respects à Savinski et à Lydia. C'était lui qui réglait les rapports des prisonniers entre eux, fixait le tour des corvées, l'ordre dans lequel ils descendaient aux lavabos, organisait les équipes pour le partage des bidons de soupe, dressait la liste des objets à faire acheter au dehors par un garde rouge. Ce personnage important était un homme d'à peine trente ans, à la figure énergique et plaisante, aux cheveux roux, à l'allure décidée. Il avait eu un emploi élevé à l'état-major de l'armée rouge. Un jour, quatre cent mille roubles avaient disparu de son bureau et il avait été arrêté. Il mena Savinski et Lydia faire le tour du domaine sur lequel il régnait maintenant, et, comme des prisonniers balayaient la salle, il fit passer ces nouveaux hôtes dans une petite pièce voisine où une dizaine de lits de camp se touchaient. Une femme était couchée sur l'un d'eux et tenait entre ses bras une fillette de six ans environ, qui dormait encore. Sur la figure fatiguée de la mère, on lisait qu'elle n'avait d'autre préoccupation que cette petite, qui était pâle, chétive, comme tant d'enfants poussés sur la terre humide de Petrograd. Lydia, à demi-voix, causa avec elle. Elle avait été prise comme otage avec sa fille, car son mari, accusé de contre-révolution, avait pu s'enfuir. Tant qu'il ne se rendrait pas, elle resterait là avec son enfant. Elle avait l'air à moitié folle de douleur.

— S'il revient, dit-elle, ils le fusilleront... S'il ne revient pas, qu'arrivera-t-il à ma petite ?... Elle ne pourra supporter longtemps cet emprisonnement. Regardez comme elle est maigre !

Elle souleva une couverture. Lydia vit des jambes minces comme des flûtes où les genoux et les chevilles faisaient de grosses bosses osseuses.

Le chef de la chambrée dit à Savinski :

— Vous logerez ici ce soir, c'est le quartier bourgeois.

Savinski s'assit sur un lit. Il était accablé. Depuis deux heures que les prisonniers étaient réveillés, il n'avait pu échanger un mot avec Lydia. La matinée avançait. Il allait être onze heures. Il fallait qu'il causât seul à seule avec elle. Il craignait maintenant le pire, une longue séparation. Les bolchéviques le garderaient. Il y avait eu, sans doute, une imprudence commise du côté de Spasski. Voilà où l'avait mené sa sympathie pour Spasski à la réussite de qui il n'avait jamais cru. Il maudit cette facilité avec laquelle il se laissait entraîner par ses sentiments dans des aventures qui pouvaient devenir tragiques. Il était impardonnable, car il était un homme habitué aux affaires et au plus matériel côté de la vie. A Lydia, il ne pouvait rien dire de ses préoccupations. Il voulait l'amener à comprendre qu'elle le quitterait dans quelques heures. La chose n'était pas facile. La jeune fille refusa nettement.

— Où tu seras, dit-elle, je serai... Je n'ai que toi au monde et, sache-le, dès maintenant tu n'as plus que moi.

Il fallut une longue insistance pour que Savinski arrivât à lui démontrer qu'elle lui serait mille fois plus utile en liberté qu'auprès de lui. Qui lui ferait parvenir de la nourriture chaque matin, qui ferait enfin des démarches pour obtenir sa liberté ? Il la convainquit enfin. Mais la jeune fille avait les yeux pleins de larmes.

— Que tu me fais de la peine ! dit-elle. Mais, hélas ! je vois bien que tu as raison...

Comme elle parlait ainsi, son nom fut appelé à haute voix à la porte de la salle. Un employé agitait un papier. Elle se leva.

— Suivez-moi, dit-il. Vous êtes attendue à l'interrogatoire.

Il y eut un brouhaha dans la chambre. On entendait des voix qui se mêlaient et disaient : « Jamais on n'a été interrogé aussi vite. C'est un miracle ! » — « Nous le savions bien, nous ne vous garderons pas ! » — « Hélas ! », murmurait un autre.

Il fallait se quitter. Lydia se jeta au cou de Savinski et, oublieuse des prisonniers qui, tous, la regardaient, l'embrassa passionnément. Elle ne pouvait se détacher de lui. Il semblait que ce fût la dernière minute de sa vie qu'elle passât dans ses bras. L'employé, à la porte, était gagné par la sympathie générale qui allait à la jeune fille. C'était d'une voix molle et presque machinalement qu'il répétait : « Il faut se hâter, il faut se hâter ! »

Soudain, Lydia eut une idée nouvelle.

— Je veux te revoir, dit-elle, même si on me libère.

Elle enleva rapidement sa fourrure qu'elle n'avait pas quittée et la laissa dans les bras de son amant. Et, maintenant, en toilette de bal, décolletée, éclatante de fraîcheur et de beauté, droite et la tête en arrière à sa façon, elle marcha vers la porte qui se referma sur elle, laissant les spectateurs de cette scène éblouis et retenant leur souffle à cette fugitive vision.

Un quart d'heure s'écoula. Savinski était sans pensées. Assis sur un banc, la tête entre ses mains, il restait comme endormi. Il n'avait conscience ni du temps, ni du bruit de la chambrée. Soudain il y eut un brouhaha. Lydia reparaissait. Elle courut à son amant.

— Je suis libre, dit-elle... J'ai eu affaire à un homme très poli. Il s'est excusé fort aimablement de la déplorable erreur par suite de laquelle j'ai été arrêtée... Il va t'interroger tout de suite. Tu vas descendre avec moi... Mais je suis sûre, dit-elle avec frénésie, sûre, tu m'entends, qu'il va te libérer aussi.

La joie rayonnait d'elle, et, comme l'employé appelait : « Nicolas Vladimirovitch Savinski », il suivit la jeune fille qui lui montrait le chemin.

Ils furent introduits à nouveau dans le salon où ils étaient entrés six heures auparavant. Là, Lydia eut une grande déception. Elle n'eut pas la permission d'accompagner Savinski chez le commissaire chargé de l'interrogatoire. Elle devait quitter la prison sur-le-champ. Mais la certitude de le revoir dans peu d'instants l'emplissait encore et elle le laissa sans angoisse.

Quelques secondes plus tard, Savinski était en face du redoutable Ouritski, dont la renommée remplissait déjà la ville. Ouritski, qui était assis devant une grande table sur laquelle il consultait un dossier, se leva à l'entrée de l'inculpé et vint lui serrer la main. C'était un homme de taille moyenne, très maigre, à la figure intelligente, rasé, de mouvements vifs et nerveux, au type sémite assez élégant, mais très accentué. Il avait l'air exténué de fatigue. Il offrit une chaise à Savinski et retourna à son dossier qu'il feuilleta quelques instants. Ces minutes parurent un siècle à Savinski. Il ne pouvait supporter l'anxiété du doute. Qu'avait-on contre lui ? Tout était préférable à l'attente... Et, cependant, il faisait un effort extrême pour garder son sang-froid... Cette lutte contre soi-même était harassante.

Enfin, Ouritski prit une liasse de papiers, leur passa un caoutchouc et les tendit à Savinski.

— Voici vos papiers, dit-il d'une voix blanche. Je vous les rends... Je vais vous mettre en liberté. (Savinski baissa les yeux pour que la joie de son regard ne le trahît pas.) Mais, si vous le voulez bien, je vous poserai quelques questions d'abord que vous aurez l'obligeance d'écrire vous-même avec votre réponse pour le procès-verbal...

Une sonnerie de téléphone l'interrompit. Le commissaire, d'un geste las, décrocha un récepteur à un des quatre appareils fixés au mur derrière lui, écouta un instant, donna un ordre bref et reprit :

— Vous connaissez Spasski ? demanda-t-il.

— Oui, répondit Savinski.

— Veuillez l'écrire.

— Avez-vous eu des relations avec lui depuis le 7 novembre 1917, par lettre, par personne interposée, ou directement ?

— Non, répondit Savinski.

— Veuillez l'écrire.

— Avez-vous son adresse actuelle ?

— Non.

— Veuillez l'écrire.

Les mêmes questions furent posées au sujet des généraux commandant l'état-major du Don. Les réponses de Savinski furent négatives. Soudain Ouritski, qui marchait fébrilement dans la pièce, s'arrêta devant Savinski et lui demanda à brûle-pourpoint :

— Connaissez-vous l'ingénieur Mouchine ?

Savinski hésita un instant, puis se reprit et d'une voix nette dit :

— Non.

Ouritski prit alors le procès-verbal, le lut à haute voix.

— Veuillez signer, dit-il. Vous êtes libre.

Il se leva et le salua. Savinski se dirigea vers la porte. Comme il l'allait ouvrir, la voix blanche d'Ouritski l'arrêta.

— Il serait très peu sage de votre part, Nicolas Vladimirovitch, de revoir Spasski, ni d'avoir quelques relations que ce soit avec lui, et non plus l'ingénieur Mouchine. C'est un conseil que je vous donne... Au revoir.

Savinski sortit, mais, pendant qu'on accomplissait les formalités de levée d'écrou, les dernières paroles du commissaire retentissaient encore en lui et le glaçaient. « Quelle insolence à me parler ainsi ! pensa-t-il. Pouvait-il me faire plus explicitement comprendre qu'il n'ajoutait aucune foi à mes déclarations ?... Cet homme joue avec moi. Cette histoire n'est pas finie... » Toute sa joie avait disparu.

Sur le trottoir seulement de la préfecture, il échappa à l'angoisse qui, de nouveau, l'étreignait. Il était midi. C'était une claire journée d'hiver. La neige des jardins de l'Amirauté étincelait sous le soleil. Au sortir de la geôle puante, il respira librement l'air glacé et sec. Il semblait pour la première fois de sa vie être capable de goûter la joie d'un jour lumineux et froid. « Que c'est bon ! Que c'est beau ! », répétait-il immobile devant la porte du bâtiment.

A cet instant, d'une embrasure de magasin sur le trottoir d'en face, une jeune femme sortit et vint à lui. C'était Lydia.

Il la serra contre lui.

— Je suis heureux ! dit-il, je t'aime !

Ils rentrèrent à pied par le quai du Palais. Ils croyaient avoir vécu un rêve troublé. La seule réalité était l'aube éblouissante de leur amour. Quelques minutes plus tard, ils se quittèrent devant l'hôtel du prince Serge Volynski. Ils se reverraient à la fin de la journée... Où ? Ils ne savaient encore. L'appartement de Savinski était-il toujours occupé par les soldats ? Et même, libre, était-il prudent de s'y rencontrer ?... Cela se réglerait par téléphone dans l'après-midi. Ils se reverraient... Qu'importait le reste !

XVI

UN PONT EST COUPÉ

La vieille Annouchka fit à son maître un accueil touchant. La joie qu'elle montra à le revoir témoignait de la crainte qu'elle avait ressentie à le croire perdu. Les soldats, rappelés par un ordre téléphonique, venaient de quitter l'appartement. Il ne restait d'eux que l'odeur tenace du cuir de leurs bottes. Pendant que le cuisinier préparait le déjeuner, elle fit chauffer un bain, déchaussa elle-même Savinski, lui apporta une robe de chambre.

— Grâce à Dieu, dit-elle, vous voilà en sûreté, barine. Et cette belle demoiselle aussi, je pense.

— Oui, fit Savinski, grâce à Dieu, elle est sauvée. Les larmes lui montaient aux yeux.

Après avoir mangé, une fatigue invincible le jeta sur son divan. Il dormit longtemps, d'un sommeil lourd coupé de rêves affreux. Il revoyait les jambes maigres, aux genoux osseux, d'une petite fille dans les bras de sa mère, et la petite fille sanglotait, sanglotait sans fin... Puis ce fut un homme au nez busqué, trépidant, qui sautillait autour de lui, exécutant une danse satanique... Et soudain, il s'arrêtait, le regardait dans les yeux et, d'une voix blanche, demandait : « Voulez-vous me donner l'adresse de Spasski ? » Et, tandis qu'il parlait, les sonneries de quatre téléphones derrière lui retentissaient sans interruption. Le vacarme dont elles remplissaient la salle ne cessait pas, faisait bourdonner les oreilles de Savinski qui était comme cloué sur son divan par les yeux fixes de cet homme... Tout à coup, il se réveilla, la sonnerie du téléphone appelait, appelait continûment. Il courut à l'appareil. Un message de Siméonof le priait de passer vers quatre heures au commissariat des Affaires étrangères... Il frissonna, se secoua pour chasser les lambeaux du cauchemar qui restaient accrochés à lui... Il regarda au dehors. Déjà la nuit venait. Il tira sa montre. Il était quatre heures moins le quart. Il n'avait que le temps d'aller au rendez-vous. Mais auparavant il demanda le numéro de Lydia. Où voulait-elle le voir ?... Il ne pouvait être chez lui avant cinq heures. Et peut-être serait-il en retard. Mais elle pourrait l'attendre et Annouchka lui donnerait du thé... La voix claire de Lydia au bout du fil acquiesça.

Vingt minutes plus tard, il était en face de Siméonof dans le grand cabinet Empire jaune et rouge où, plus d'une fois, il s'était entretenu avec M. Sazonof. Il y arrivait plein de ressentiment à la fois et de crainte. L'impudence de ce Siméonof dépassait les bornes. Le faire arrêter ainsi au milieu de la nuit, cela ne pouvait se tolérer. Mais le sentiment que Siméonof appartenait à un parti tout-puissant et sans scrupules l'obligeait à se contraindre. Il fallait patienter encore.

Siméonof se précipita au-devant de lui. Il paraissait avoir perdu cette réserve glacée dans laquelle il était toujours enfermé. Il manifesta une colère véritable à l'idée que son ami Savinski avait pu être arrêté ainsi et mené en prison. Il y avait là l'imbécillité d'une commission indépendante qui agissait à l'aveugle et voulait faire du zèle. Informé par Annouchka dès neuf heures, le matin même, il n'avait pas perdu une minute, avait appelé au téléphone Ouritski qui dormait encore après une nuit de travail, et lui avait enjoint, sous sa propre responsabilité, de relâcher Savinski sans perdre un instant.

— J'ai répondu de vous, Nicolas Vladimirovitch, comme de moi-même, ajouta-t-il avec un pâle sourire... Vous savez toutes mes pensées. Je ne vous ai rien caché. Vous nous êtes indispensable. Vous travaillerez un jour avec nous.

La scène fut brève et, lorsque Savinski le quitta, il pouvait avoir l'impression que son interlocuteur avait joué franc jeu et que sa position était, dès maintenant, plus sûre. Mais, tandis qu'il regagnait son appartement, des doutes lui vinrent. « Est-ce encore une comédie ? se dit-il. Savait-il tout à l'avance ? N'a-t-il pas machiné lui-même mon arrestation ?... Ne veut-il pas ainsi exercer une pression sur moi et me faire sentir que je suis dans ses mains ?... Et Lydia ? Sait-il que Lydia était chez moi ? Il est impossible qu'il l'ignore... Va-t-il se servir de cette arme-là aussi ? » Il remarqua enfin que Siméonof n'avait pas fait la moindre allusion à ce qui avait motivé l'ordre de perquisition et d'arrêt. Pas un mot sur Spasski ! Cela était étrange et donnait à penser. Ce ne pouvait être par hasard qu'il avait passé sous silence un sujet d'une évidente importance. A ce moment, en pleins pourparlers de paix avec les empires centraux, la question du Don préoccupait vivement les commissaires du peuple. Le front de Savinski se plissait. Il allait à pas rapides, la tête baissée. Il releva les yeux ; il était en face de chez lui. Les fenêtres de son cabinet de travail étaient éclairées. Lydia était là... Tout fut oublié.

Quelques minutes après, elle était dans ses bras. Les lèvres sur la nuque de la jeune fille, il respirait le parfum enivrant de la jeunesse. Une minute comme celle-là ne valait-elle pas d'être payée par les angoisses de la nuit, par l'odeur âcre de la prison ? Il écoutait Lydia parler. La musique seule de sa voix était un dictame à tous les maux. Elle racontait son retour chez elle, la joie de retrouver sa chambre, ses meubles, l'atmosphère pure qui y régnait, et puis le déjeuner en famille, le grand appétit qu'elle avait.

— Mon père, dit-elle en riant, m'a assuré que je n'avais jamais eu si bonne mine. Il m'a emmenée chez lui un moment. Ah ! si tu savais comme j'avais envie de lui dire que je suis à toi... Peut-être l'avait-il deviné... Non, non, ce n'est pas impossible ; à la façon dont il me regarde parfois, j'imagine qu'il voit très loin en moi et des choses qui doivent rester secrètes... Au fond, il n'a, je crois, qu'un désir : il veut que je sois heureuse... Comment ? Peu lui importe. Il n'a qu'une peur véritable, c'est que les temps où nous vivons me privent du bonheur qui m'est dû. Mais tu comprends qu'il ne peut pas dire ce qu'il sent... Alors, cela va de lui à moi dans des silences où il semble que nous parlions sans prononcer un mot... Rien que des pensées qui volent, tièdes, caressantes, muettes... Je n'ai pas osé parler non plus et je l'ai laissé se reposer... Et puis j'ai dormi longtemps jusqu'à ce que tu me réveilles... Et me voilà enfin près de toi, dans tes bras, à ma place... Je t'aime... Je t'ai toujours aimé, ne le sais-tu pas?... Te souviens-tu, la première fois, quand je suis tombée à tes pieds... Tu m'as relevée; j'étais comme étourdie... Je ne sentais que tes bras autour de moi... J'ai vite repris mes sens, — mais faut-il te le dire? que penseras-tu de moi? — j'ai fait semblant d'être encore sans connaissance pour rester un moment de plus serrée contre toi... Et puis je ne t'ai pas vu pendant longtemps! Où avais-tu disparu, méchant?... Tu restais enfermé chez toi, près des tiens... Ah! je te battrai, je crois, dit-elle d'une voix changée. Six mois, tu t'es caché; six mois tu m'as abandonnée... Tu étais heureux, sans doute... Dis, je t'en supplie, dis que tu n'étais pas heureux sans moi!... (Une douleur véritable faisait vibrer ses paroles...) Mais enfin, tu pouvais vivre; tu ne me cherchais pas. Il a fallu que le hasard nous réunît chez Nathalie... Moi je savais qui tu étais, naturellement... Mais toi, connaissais-tu même mon nom?... C'est encore bien beau que tu m'aies reconnue... Tu ne m'avais pas oubliée, dis?

— Je sentais toujours ton corps souple et charmant dans mes bras, répondit Savinski.

Il la reconduisit chez elle à l'heure du dîner. La Millionnaia était déserte. Au coin d'Aptékarski Pereoulok, qui était plongé dans l'obscurité, un petit groupe de soldats attendait, silencieux, dans la nuit glacée. Un seul réverbère brûlait et éclaira un instant la figure souriante de la jeune fille. Les soldats la regardèrent et laissèrent passer le couple, sans mot dire. Savinski et Lydia, tout occupés qu'ils étaient l'un de l'autre, ne les virent même pas. Ayant mis Lydia chez elle, Savinski hésita un instant, puis se décida à aller dîner au club voisin au lieu de rentrer chez lui. Savinski ne se douta pas qu'il avait échappé ainsi à une nouvelle expérience de la vie révolutionnaire et, qu'eût-il repassé seul devant les soldats, il aurait laissé entre leurs mains son portefeuille, sa fourrure, ses habits et peut-être jusqu'à ses souliers.

Il s'endormit tard dans les draps où il croyait retrouver la personne de Lydia. C'était une odeur légère, presque insaisissable, qui venait et disparaissait, laissant après elle quelque chose de frais et de brûlant à la fois, quelque chose de presque palpable qui prenait une forme, puis s'évanouissait...

Au matin, Annouchka, en lui servant son déjeuner, posa les journaux sur son lit, et, en manchette, au sommet des colonnes des *Isvestia*, il lut ces mots : *La Révolution en Finlande. Le Gouvernement bourgeois chassé. Les Soviets au pouvoir.*

D'une main tremblante, il déploya le journal. Les bolchéviques finlandais, soutenus par les marins et les soldats russes avaient fait un coup d'État. Ils étaient maîtres d'Helsingfors et de tout le sud de la Finlande. Le gouvernement bourgeois avait pu gagner le nord du pays.

Les matins tristes d'hiver à Petrograd, comment y sentir sa force ? Les plus solides se réveillent affaiblis, sans audace. Ce sont des heures où la vie reste incertaine au cœur des hommes, sans flamme, comme la lumière indécise au-dessus de la ville dans un ciel pâle qui se souvient d'une trop longue nuit et lutte péniblement pour triompher de l'obscurité. Savinski était atterré.

Sonia, ses enfants dans la tourmente! Sans lui!... Son imagination ne lui présentait que les images les plus sombres... Des soldats envahissaient la villa... Ils l'occupaient en maîtres ; un désordre affreux; les pleurs des enfants. Et Sonia jeune et belle, au milieu de ces forcenés!... Ah! si seulement il s'était hâté davantage! Que n'eût-il pas donné en ce moment pour la savoir dans la paisible Suède ? Et que faire ?... Y aller ? C'était son devoir... Mais Lydia ?... A prononcer ce mot, il y eut une révolte en lui. Il ne pouvait abandonner la jeune fille et même pour un jour la laisser seule sans la prévenir... Elle avait des droits aussi sur lui et il sentait maintenant qu'il était impossible de lui annoncer par téléphone qu'il partait pour la Finlande retrouver les siens à l'heure du danger...

Il s'habilla lentement, en proie aux plus tristes préoccupations. Vers onze heures, comme machinalement, il se rendit à l'état-major de la place, car il fallait maintenant un nouveau visa pour chaque voyage en Finlande. Au bureau des passeports, un commis déclara qu'on ne donnait pas de visa aujourd'hui et qu'on ne pouvait aller en Finlande que pour affaire de service. Qu'il repassât le lendemain... L'obligation de différer son voyage soulagea Savinski. Il se heurtait à une impossibilité matérielle qui lui permettait au moins de vivre en paix avec sa conscience.

Tôt dans l'après-midi, Lydia était chez lui. Elle était de la plus souriante et de la plus tendre humeur. Savinski se laissa emporter dans le monde féerique que ses caresses lui ouvraient. Quand Lydia était là, il ne pensait qu'à elle. Un instant, comme elle allait partir, il fut sur le point de lui parler de la révolution en Finlande. « Il sera temps demain, dit-il, si l'on me donne un visa. » Et il serra sa maîtresse dans ses bras.

Ils se revirent le soir chez Natacha. C'était la première fois qu'ils se retrouvaient en public. Savinski désirait et redoutait cette épreuve. Saurait-il modérer le feu de ses yeux en regardant la jeune fille? Elle-même aurait-elle la force de jouer l'indifférence? Il entra. La première personne qu'il vit dans le cercle fut Lydia. Elle avait choisi de porter la robe noire qu'elle avait eue sur elle en prison, la robe même que Savinski, deux jours auparavant, avait défaite de ses mains fiévreuses lorsque Lydia s'était donnée à lui... Un flot de souvenirs monta en lui; il s'arrêta. La voix de Nathalie Choupof-Karamine le ramena à lui-même et la phrase qu'elle lui jeta à travers le salon le fit sursauter.

— Eh bien, Nicolas Vladimirovitch, dit-elle, venez nous raconter vos impressions de prison.

Savinski avait jugé plus sage de ne pas dire qu'il avait été arrêté et le hasard propice avait voulu qu'il ne rencontrât à la Gorokhovaia personne qu'il connût. Qui donc avait renseigné Nathalie? Un nom immédiatement lui vint à l'esprit : Siméonof. Depuis longtemps il soupçonnait une intrigue secrète entre la belle Nathalie et le commissaire bolchévique... Mais que lui avait-il raconté? Avait-il parlé de Lydia?... Quelque maître qu'il fût de soi, il se sentit rougir. Instinctivement il regarda la jeune fille qui, comme tous les invités, avait entendu la phrase fatale. Elle rayonnait de bonheur. Sans doute l'évocation surgie en plein salon de la nuit à la Gorokhovaia avait-elle pour elle un charme secret... A la voir, il semblait que, emportée par le désir de confesser une vérité dont elle était fière, elle fût sur le point de dire : « J'y étais aussi. » Savinski l'en aima davantage, mais il la prévint, et, ayant repris son sang-froid, il s'avança vers Nathalie et, sur un ton indifférent, jeta :

— En vérité, cela est si peu de chose que je n'avais même pas jugé intéressant d'en parler. Qui n'a été et qui n'ira passer quelques heures ou quelques jours à la Gorokhovaia?

Mais Nathalie et ses hôtes voulaient des détails. Il fut obligé d'en donner. Il fallut tout raconter. Seule Lydia ne posa pas de questions. Elle écoutait, les yeux fixés sur Savinski, approuvait de la tête comme pour confirmer l'exactitude de son récit. Au début, Savinski n'osait la regarder ; peu à peu, il s'enhardit, mais voyant la jeune fille si proche de lui, il l'évoquait quelques heures plus tôt dans ses bras. Elle était là devant lui, vêtue d'une robe qui la couvrait toute et ne laissait voir que ses bras encore un peu maigres et la naissance de sa poitrine. Mais, pour Savinski, la robe tombait : Lydia n'était plus vêtue que de linge fin qui cachait à peine ses seins purs... Il hésitait maintenant sur le choix des mots, revenait sur des choses déjà dites et, finalement, s'arrêta court.

Nathalie manifestait une vive curiosité.

— Vous êtes le premier de notre cercle qui ait été arrêté, dit-elle. C'est un grand honneur.

— Je l'aurais laissé volontiers à d'autres, répondit Savinski d'une façon assez bourrue. Je pense que ceux qui voudront éviter pareille aventure feront bien de passer la frontière.

Nathalie se moqua de lui. Pourquoi était-il si noir? La situation présente avait déjà duré au delà de tout ce qu'on aurait pu prévoir. Qui aurait imaginé les bolchéviques conservant le pouvoir trois mois? Ils avaient pu réussir leur coup en trompant des simples d'esprit. Mais, aujourd'hui, l'ouvrier d'usine et le dernier des moujiks avaient compris qu'ils n'avaient apporté que la ruine ; ils s'effondreraient subitement comme était tombé Kerenski...

— A moins que les Allemands ne viennent régler leurs comptes, interrompit Ivan Choupof-Karamine. C'est la solution la plus probable.

Savinski n'écoutait plus. Il manœuvrait pour se rapprocher de Lydia. Il ne fut seul avec elle que pendant quelques secondes.

— Si tu savais, murmura-t-il, ce que je donnerais pour t'emmener chez moi !...

Le lendemain matin, comme il se trouvait une fois de plus en proie aux idées grises et que les préoccupations qui l'avaient bouleversé la veille redevenaient vivantes en lui, il eut la surprise de recevoir, vers dix heures, une lettre de sa femme apportée par un chef de train de la gare de Finlande. Sonia lui écrivait que la révolution n'avait amené aucun trouble chez eux ; les petites villes de villégiature, entre Wiborg et la frontière, n'avaient pas été touchées. Les administrations bolchéviques finlandaises semblaient ne pas vouloir inquiéter la population bourgeoise. Les trains circulaient comme à l'ordinaire. En somme, pour l'instant, il ne devait se faire aucun souci. Elle espérait qu'un jour prochain, ses affaires étant réglées, ils passeraient tous ensemble en Suède. La lettre était écrite sur le ton calme que Sonia apportait en toutes choses ; elle était affectueuse, ouverte, franche et droite ainsi qu'à l'ordinaire.

Savinski, en la lisant, sentait l'émotion grandir en lui. Quelle femme admirable était la sienne ! Il semblait qu'elle eût été créée pour lui éviter toutes difficultés et toutes peines. Maintenant il respirait à l'aise. Grâce à Dieu, les siens n'étaient pas en danger. Il pouvait donc, sans se condamner lui-même, rester à Petrograd... Un post-scriptum attira son attention. « Tu peux me faire passer une réponse par le porteur de cette lettre. C'est un homme sûr. Sa femme et ses enfants habitent à côté de chez nous et je m'occupe d'eux. »

Savinski fit entrer le chef de train qui attendait dans la salle à manger.

— Vous pouvez prendre une lettre pour ma femme ? demanda-t-il.

— Certainement, Votre Honneur, répondit l'homme. Je repars ce soir, à 11 heures. Si votre Honneur veut préparer une lettre, je passerai la chercher vers 8 heures.

— Je vous attendrai, dit Savinski. Venez sans faute.

Resté seul, Savinski se mit à marcher de long en large dans son cabinet de travail. Pendant près d'une heure, il ne fit qu'aller et venir, fumant des cigarettes. Lorsqu'il s'arrêta, sa résolution était prise et il se mit à son bureau. Il écrivit une longue lettre à sa femme. Il lui envoyait les passeports pour elle, ses enfants et la femme de chambre, visés pour la Suède et l'Angleterre. Il la suppliait de profiter des quelques jours de calme qui restaient encore devant elle (l'exemple du début pacifique de la révolution russe était là) pour gagner Abo et, par le service des traineaux sur la glace, le port des iles Aland où l'on s'embarquait pour Stockholm. Voyage facile avec brèves étapes. En trois jours, sans fatigues et sans risques, ils seraient en sûreté. Il lui remettait une double lettre pour les directeurs des banques où il avait ses fonds en Suède et à

Londres. Elle serait ainsi à l'abri du besoin. Lui-même la rejoindrait à la première occasion. Pour l'instant, la frontière était fermée, mais cela n'était que temporaire. Grâce à ses relations au commissariat des Affaires étrangères, il obtiendrait dans peu de temps un visa pour l'étranger. (Emporté par le mouvement de sa pensée, Savinski écrivit cette phrase sans faire de retour sur lui-même.) Elle pourrait lui donner de ses nouvelles par la valise suédoise. Il se servirait de la même voie pour lui faire tenir des siennes. Les temps étaient tels qu'il ne pouvait engager une discussion sur un projet mûrement pensé et il comptait sur elle pour l'exécuter sans délai. Sa lettre était affectueuse et tendre, mais impérative. Il fut occupé ensuite à régler les questions matérielles, pour assurer à sa femme la libre disposition de sa fortune. Tout cela le mena jusque bien après le déjeuner.

Lorsque tout fut terminé, il resta à réfléchir, enfoui dans un fauteuil. Il se sentait plus léger. C'était comme s'il respirait maintenant l'air plus pur, plus subtil d'une autre planète. Tout s'arrangeait d'une façon inespérée. Sa femme et ses enfants étaient à l'abri des coups du sort. Pas un instant il ne songea aux dangers qu'il courait à Petrograd. Petrograd était, en ce moment, la seule ville du monde qui pouvait lui donner le bonheur. Il y restait maître de sa vie, dont un dieu favorable venait de tourner une page...

Un coup de sonnette retentit. Lydia arrivait.

TROISIÈME PARTIE

I

LES PLUS BEAUX DE NOS JOURS

L'hiver passa. La ville fut agitée. De grands mouvements — craintes, espérances — la secouèrent. A la fin de février, les Allemands approchaient. Déjà ils étaient à Pskof, à quelques heures par chemin de fer de Petrograd. Viendraient-ils sauver les malheureux qui mouraient de peur, de froid, de faim ? Au camp des bolchéviques, la panique régnait. Les chefs s'étaient enfuis à Moscou et suppliaient, à coups de télégrammes, les Empires centraux de signer la paix, n'importe quelle paix. Trotski avait démissionné. Siméonof l'avait suivi dans sa retraite. Il était à Moscou, lui aussi, intriguant dans les cercles des Soviets, plus passionné encore de pouvoir depuis qu'il l'avait perdu.

Savinski l'avait vu partir sans regret. Il ne pouvait plus supporter la tyrannie occulte qu'il avait senti peser sur lui.

Lydia et Savinski bénéficièrent du trouble de la cité. La police bolchévique, prise par le déménagement de ses dossiers à Moscou, ne mettait plus la même ardeur à traquer les particuliers. Il y eut ainsi comme une trêve où ils vécurent l'un pour l'autre dans un isolement presque complet. Ils se voyaient chaque jour, déjeunaient et dînaient plusieurs fois la semaine à deux, et parfois Lydia s'arrangeait pour passer la nuit chez son amant. Il avait maintenant un second appartement à sa disposition par le départ précipité d'un de ses amis, locataire d'un logement agréable sur la Fontanka. C'était là, le plus souvent, qu'il recevait la jeune fille, par l'extrême commodité d'une solitude que personne ne viendrait rompre, par le charme d'une précaire sécurité. Les fenêtres donnaient sur le canal de la Fontanka, en face du jardin qui borde la rive droite, au-dessus de l'ancien palais de Paul I". Le dégel était venu tôt cet année-là. Les rues, mal entretenues et peu balayées pendant l'hiver sous l'administration bolchévique, étaient transformées en lacs boueux. Lydia sautait de pavé en pavé comme une bergeronnette et riait de voir patauger son amant plus lourd. Lorsqu'il y avait du soleil, il emplissait la chambre où se tenaient l'après-midi Lydia et Savinski. Il se couchait dans leurs fenêtres au ras des arbres non encore feuillés sur l'autre rive. Il venait alors caresser de ses derniers rayons le lit où ils étaient étendus et faisait resplendir l'or des cheveux dont la tête de la jeune fille était nimbée. Savinski la regardait. La chair blonde de son corps prenait sous le soleil la transparence d'un marbre antique pétri de lumière.

— Reste immobile, disait-il. Il semble que Vénus adolescente, avant qu'elle ait tenté le désir des dieux et des hommes, soit venue partager ma couche. Ne bouge pas, je t'en supplie. Laisse-moi te contempler.

Lydia n'aimait pas cette immobilité ordonnée et ne la gardait que pour plaire à son amant. Mais celui-ci était le premier à s'en lasser.

— Petite déesse, disait-il, êtes-vous endormie ? Ne m'aimeriez-vous plus, par hasard ? Voulez-vous me dire par quel ordre des Immortels vous êtes venue dans cette froide Scythie au moment où les hommes y sont en proie à une crise de folie triste et furieuse !

— Uniquement pour vous satisfaire, répondait Lydia, se relevant et lui faisant un beau salut. Uniquement pour que vous puissiez prendre votre plaisir avec moi, mon maitre, jusqu'au jour où vous en aurez assez de ma personne et me renverrez d'où je suis venue.

Et d'autres jours elle disait, couvrant son amant de caresses :

— Je ne comprends pas encore comment tu peux m'aimer. Je ne suis qu'une petite fille, après tout, ignorante et maladroite. Je suis sûre que tu te moques de moi quand je t'embrasse... Que sais-je ? En vérité, rien. Comme je dois te paraitre insipide... J'enrage quand j'y pense. Dépêche-toi de m'apprendre tout pour que je ne rougisse pas devant toi.

Et, d'autres fois, elle chantait les louanges de son amant :

— Tu es comme un rocher, disait-elle. C'est la première impression que j'ai eue de toi... Te souviens-tu ? devant l'hôtel de l'Europe au jour où l'on a tiré sur Nevski. Autour de toi les gens fuyaient en trombe. Mais tu étais immobile, comme fixé au sol. Je suis venue tomber à tes pieds et j'y suis restée. C'est ma véritable position devant toi. Je tremblais de peur, mais, dès que tu m'as relevée, la peur a disparu. Je sentais que tu avais été créé pour me protéger... Et tu es beau !... (Savinski se prit à rire.) Oui tu es beau, ce n'est pas parce que je t'aime que je parle ainsi. Je l'ai vu tout de suite et, maintenant encore, sois sûr que je puis aussi te regarder objectivement... Tu as la beauté qu'un homme doit avoir. Lord Douglas est ravissant ; mais c'est un enfant. Peut-on se donner à un enfant quand on est une petite fille soi-même ? Tu es arrivé, juste pour moi, à ton heure de perfection...

— Avec beaucoup de rides, interrompit Savinski.

— Des rides ! dit Lydia en colère, qui oserait dire que tu as des rides ! Ce sont les traits qui accentuent ta beauté et lui donnent le caractère que j'aime en toi.

— Ne me parle pas ainsi, dit Savinski en la pressant dans ses bras. Mon bonheur est trop grand. C'est un défi aux dieux.

Une après-midi, comme ils prenaient le thé dans l'appartement de la Fontanka et que leur conversation passionnée revenait sur les débuts de leur liaison, ils parlèrent des premiers jours de la révolution bolchévique. Savinski, qui avait souvent pensé à la fin tragique du cousin de Lydia et à la longue retraite de la jeune fille, éprouva une irrésistible envie de savoir ce qu'il y avait eu entre les deux jeunes gens. Lydia l'avait-elle aimé ?... Mais il craignait de réveiller une douleur endormie dans le cœur de la jeune fille et, tournant autour du sujet, n'osait l'aborder directement. Le nom de Paul ayant été prononcé, Savinski s'informa auprès de Lydia

du caractère de son cousin. Et longtemps la jeune fille ne répondit que par des phrases brèves. Peu à peu, cependant, le voile se levait. La figure de Paul se dessinait plus nette et, finalement, Lydia, reprise par l'émotion ancienne, raconta à Savinski ce qu'avait été pour elle la mort de son cousin.

— Paul, dit-elle, était un enfant encore, il avait gardé une âme merveilleusement pure et droite. Il était incapable d'une lâcheté, même d'une faiblesse... Il m'aimait ; je l'aimais aussi, mais d'une autre manière, comme un frère. Il en avait beaucoup de chagrin... Je ne sais pourquoi, mais je n'étais pas toujours très bonne avec lui. Je connaissais mon pouvoir et quelquefois j'en abusais. Je voulais que Paul m'obéit en tout ; je ne supportais pas de trouver en lui une résistance... Et puis, vois-tu, à ce moment-là, j'étais encore une très petite fille ; je ne me rendais compte de rien, sauf de l'envie constante que j'avais de te voir, toi... J'étais sotte pour toutes choses ; je traversais les jours de la révolution sans les comprendre. Tu te souviens, du reste, tout cela me paraissait un spectacle que je regardais du dehors, mais où rien de moi n'était mêlé... Et voilà qu'éclata soudain ce coup de tonnerre : l'assaut du Palais d'Hiver où Paul était enfermé. Je te l'ai dit alors, je crois. L'idée que Paul pouvait être tué là, si près de moi, me bouleversa. Ce n'est qu'à ce moment-là que je sentis le prix de la vie humaine, de la sienne qui était en jeu à cette minute, de la tienne, de la mienne qui pouvaient être menacées le lendemain... J'ai vécu en quelques heures des années, et ce que j'ai pensé alors a eu une grande influence sur ce qui nous est arrivé, à toi et à moi, depuis... Tout cela, je crois que tu l'as deviné il y a longtemps, toi qui sais tout ce qui est en moi... Mais la fin même de mon cousin est arrivée dans des circonstances intolérables. J'avais décidé de le faire évader ; tout était arrangé. Il pouvait sans peine quitter l'école. Je lui en avais fourni les moyens... Mais ce que tu ne sais pas, est que Paul a refusé de partir. Il m'a écrit une longue lettre — que je n'ai plus, hélas ! je l'ai brûlée dans un premier mouvement de colère — pour m'expliquer qu'il devait partager le sort de ses camarades... Je me suis fâchée, j'étais irritée contre lui, je lui ai répondu que, s'il ne m'aimait pas assez pour faire sans discuter ce que je lui demandais, je ne tenais plus à le voir... C'est la dernière lettre qu'il a eue de moi, le pauvre petit... Je suis sûre qu'au moment où on l'a tué, c'est à moi qu'il a pensé. Il est mort comme un courageux garçon, mais le cœur déchiré à l'idée que je ne l'aimais plus... Et cela m'a fait tellement de peine que je ne me le pardonnai pas... J'ai cru que je ne pourrais pas vivre. J'étais seule au monde... Tu étais parti pour la Finlande, naturellement... Comme je détestais déjà tes voyages en Finlande !... Puis, j'ai réfléchi beaucoup. Toutes les pensées que j'avais eues, rapides comme des éclairs, le soir de la prise du Palais d'Hiver, se sont développées, ont éclairé des parties de moi restées obscures... Je voyais la vie comme une chose tout à fait

Un petit juif à l'air farouche et important (page 70).

— *Lisa Ivanovna, il faut que je vous parle,*
dit très doucement Lydia (page 89).

nouvelle. C'est très difficile à t'expliquer... Et, un jour, j'ai senti le besoin de sortir de mon isolement et de te revoir. Je n'étais plus la même. J'avais été malade et, tout à coup, la maladie s'est épuisée, j'avais envie d'être heureuse, passionnément ; j'avais tout oublié ; et je sentais que je n'avais plus de temps devant moi, qu'il fallait se hâter, que mes jours seraient brefs... et voilà, je suis venue chez toi.

Ils vécurent ainsi quelques mois dans un comble de félicité. Tout conspirait à entretenir l'enchantement de l'heure présente. S'ils pensaient aux dangers courus, ils se souvenaient qu'ils les avaient partagés, et l'évocation des jours périlleux traversés ensemble leur rendait plus chère la tranquillité dont ils jouissaient. Ils ne songeaient pas à l'avenir. L'avenir, pour eux, était leur prochain rendez-vous. Leur ivresse était si profonde qu'ils ne faisaient aucun projet. Qu'arriverait-il d'eux? Ils ne se le demandaient pas. Libre à ceux qui se meuvent dans des sociétés régulières, ordonnées, faites pour durer, de se projeter dans le futur et de calculer ce que sera leur existence dans six mois ou dans un an. Pendant le tremblement de terre qui secouait la vieille Russie, qui aurait été assez fou pour se soucier de ce que serait demain? C'était aujourd'hui qu'il fallait vivre. Le sentiment de l'au jour le jour de leur bonheur lui donnait quelque chose de plus précieux. Les tares inévitables d'un amour qui se développe dans la sécurité leur étaient épargnées. Ils ne connaissaient ni les querelles que l'oisiveté fait naître, ni les tracas d'une liaison mêlée au monde et qu'il faut lui cacher, ni l'ennui qui accompagne la satiété et ces heures mortes qui naissent parfois dans la certitude d'une possession que rien ne menace. Ils vivaient chaque minute avec l'idée obscure qu'elle pouvait être la dernière et qu'il fallait épuiser en elle un infini de passion. La nature âpre de Petrograd leur souriait. Le printemps était en avance, cette année-là. Les jours grandissaient; la lumière peu à peu s'emparait du ciel plus intense et plus clair, et des souffles d'une incroyable douceur passaient sur les branches encore mortes des arbres, réveillaient la sève endormie dans leurs troncs et apportaient de confuses espérances au cœur des hommes.

Cependant la crise de politique extérieure se calmait. La paix avait été signée. Il était évident que les Allemands ne songeaient plus à intervenir dans les affaires intérieures de la Russie, malgré que le manifeste de Léopold de Bavière un jour l'eût fait entrevoir. Lénine allait pouvoir développer à plein son programme communiste et faire de la guerre civile une sanglante réalité. Partout on poursuivait les hommes en vue de l'ancien régime ou de la première phase de la Révolution; on les emprisonnait; on commençait à en fusiller sans jugement un grand nombre. A Petrograd, Mark Salomonovitch Ouritski, chef du service des recherches pour la contre-révolution, avait reçu des pouvoirs absolus et dé-

ployait une grande activité. Il ne se passait pas de jour qu'on n'apprît l'arrestation de quelques gens notoires.

Le salon de Nathalie Choupof-Karamine avait passé d'un excès de joie à l'idée que les Allemands allaient rétablir l'ordre en Russie, à un extrême de désespoir en voyant qu'ils s'immobilisaient à deux cents verstes de la capitale. Il retentissait des gémissements que les quelques fidèles qui lui restaient poussaient en chœurs alternés. La maîtresse de la maison avait fait une double perte qui lui avait été sensible. Le lord Douglas était parti pour l'Angleterre avec son ambassadeur et Siméonof avait quitté Petrograd pour Moscou.

Elle était privée ainsi de la présence chez elle d'un membre du corps diplomatique qui la préserverait, croyait-elle, des perquisitions bolchéviques. Il est vrai que, depuis l'incarcération de M. Diamandi, ministre de Roumanie, les dictateurs terroristes avaient montré qu'ils ne faisaient pas grand cas de l'immunité diplomatique. D'autre part, l'absence de Siméonof lui enlevait un allié secret, mais puissant. Pourtant Ivan Choupof-Karamine et sa femme supportaient mieux que leurs amis la misère des temps. Le gros homme, toujours blême, restait gouailleur et Savinski se demandait quelle était la cause cachée de leur assurance. Il les voyait peu maintenant. Le rôle des Choupof-Karamine avait quelque chose d'inexplicable et de louche. Il jugeait prudent de faire attention aux propos qu'il tenait devant eux. A des occasions rares, le soir, il s'y rencontrait avec Lydia, lorsqu'il ne pouvait la voir autrement.

Il était plus souvent chez le prince Serge, qui le faisait appeler constamment et semblait ne pouvoir se passer de lui; une étrange intimité était née entre eux. Lydia était le lien secret qui les unissait et parfois Savinski se demandait avec étonnement si Lydia n'avait pas raison lorsqu'elle pensait que son père voyait beaucoup plus loin en elle qu'on ne l'imaginait. En fait, il ne lui parlait guère que de sa fille. Elle était le thème constant de leurs conversations. Il n'avait jamais un mot de regret sur le mariage manqué avec lord Douglas. Au contraire, il paraissait heureux que Lydia eût refusé le jeune Anglais.

— Je savais bien, disait-il avec une joie qui perçait dans ses propos, qu'elle n'accepterait pas ce garçon, si beau qu'il fût. C'est ma fille, je la connais... Elle ne fera jamais rien de médiocre.

Et il regardait son interlocuteur bien en face, comme pour chercher son approbation.

Un autre jour, il fut plus explicite.

— Je pense que vous comprenez bien ce que je veux dire... Je garde ma fille près de moi, j'en suis fier; je la garde jusqu'à la fin qui viendra quand Dieu voudra... Ne croyez pas que c'est l'égoïsme qui me fait parler ainsi... Je ne m'occupe pas de moi, mais d'elle seule... Je sens, et je ne me trompe pas, qu'aujourd'hui Lydia est heureuse... Comment est-ce que je le sais? C'est difficile à dire. Peut-être les gens malades comme moi et qui vivent en face d'eux-mêmes voient-ils des choses qui restent cachées pour les autres?... Et puis, Nicolas Vladimirovitch, il y a plus encore... Il me semble que beaucoup de questions s'éclairent aujourd'hui à mes yeux... Oui, lorsqu'on est près de sa fin et qu'on assiste, comme nous, depuis un an, à la chute d'un monde, la vie se montre peu à peu différente de ce qu'elle nous apparaissait, plus simple en fait... Je crois aujourd'hui que, pour nous, à l'heure actuelle, beaucoup de problèmes qui paraissaient insolubles n'existent pas en réalité, et que les hommes ont élevé des barrières factices entre eux et leur bonheur... Il faut ces jours d'épreuve et le voisinage avec la mort pour le comprendre...

Il avait débité cette longue tirade avec lenteur, d'une voix basse, s'arrêtant parfois comme s'il faisait un grand effort pour chercher sa pensée.

Il se tut et il y eut un silence où Savinski croyait voir passer entre eux ce flot de pensées caressantes et muettes auxquelles Lydia, une fois, avait fait allusion. Il était ému à ne pouvoir parler.

Lorsqu'il le quitta, une demi-heure plus tard, le prince l'attira à lui doucement.

— Voulez-vous m'embrasser, Nicolas Vladimirovitch? dit-il. Je vous aime beaucoup...

Savinski se pencha vers lui. La bouche maigre et la barbe hérissée du prince se posèrent sur sa figure et il sentit en même temps que le baiser du vieillard une grosse larme couler sur sa joue.

Cependant les jours passaient et le mois de mai déjà mettait des feuilles tendres aux branches noires des arbres. Savinski et Lydia, profitant des après-midi prolongées et des claires soirées, se promenaient dans la ville. Ils allaient le long des quais de la Néva, dont les murs de granit avaient peine à contenir les eaux gonflées où filaient lentement à la dérive, comme de grands nénuphars flottants, quelques blocs de glace attardés venant du lac Ladoga. Au delà des flots bleus du large fleuve, les palais élevaient leurs architectures diverses dans la limpidité ambrée des crépuscules. C'étaient les briques rouges du Corps des pages, la colonnade antique de la Bourse, le noble bâtiment de l'Académie des sciences. L'air était d'une transparence lumineuse qu'on ne connaît que dans ces printemps septentrionaux. Parfois ils s'asseyaient sur le parapet du quai et restaient à rêver, laissant leurs regards errer sur les lourdes barques amarrées près des rives. La beauté des heures silencieuses emplissait leurs âmes. Ils se taisaient. Où étaient-ils? Loin du monde, de la révolution, de ses terreurs, de sa famine. Ils habitaient les terres lointaines et mystérieuses où ont vécu Lorenzo et Jessica, Troïlus et Cressida, Héro et Léandre, tous ceux que la passion a séparés du cercle des vivants.

Il fallait rentrer enfin. Ils ne se décidaient pas à se quitter :

— Restons jusqu'à la nuit, disait Lydia.

Et la nuit se faisant sa complice, le jour traînait dans le ciel des clartés qui ne voulaient pas mourir; les étoiles déjà apparaissaient sans que le crépuscule eût disparu. Il était près de onze heures. Lentement, ils regagnaient l'hôtel Volynski, et souvent, sans se soucier de ce qu'en penseraient les domestiques, Savinski entrait un instant prendre une tasse de thé chez Lydia.

Tard, il regagnait son appartement.

Ils eurent les nuits blanches où l'on ne peut dormir et où les caresses plus énervantes se prolongent autant que le jour; ils traversèrent l'été chaud, orageux, humide de Petrograd où, dans les appartements clos, l'air étouffant rend insupportable le poids des vêtements.

Autour d'eux, la ville s'enfiévrait. L'assassinat des deux commissaires, Volodarski et Ouritski, avait déchaîné la terreur. Les victimes des représailles bolchéviques se comptaient par centaines. Le cercle de leurs relations se rétrécissait. Les uns fuyaient, les autres étaient arrêtés.

Lydia et Savinski passaient sans entendre les cris d'angoisse qui montaient de toute part.

II

UNE VISITE

Savinski eut des nouvelles de Spasski. Il vivait secrètement à Moscou, à quelques pas du Kremlin, organisant une association d'officiers contre-révolutionnaires. Il envoya un message à Savinski. Il serait pour quelques jours à la fin d'août à Petrograd, où il devait absolument le voir.

Savinski ne le cacha pas à Lydia. Il pensait tout haut devant elle et l'idée ne lui serait pas venue de lui dissimuler quoi que ce fût. Mais lorsqu'elle sut que son amant verrait Spasski, elle déclara qu'elle irait avec lui. S'il y avait un danger dans cette visite, elle le devait partager. Du reste, Spasski lui était fort sympathique et elle serait contente de le retrouver. Elle n'ajoutait pas que le sentiment véritable qui la poussait à faire cette visite était simplement le désir de se montrer en compagnie de son amant à un ami de naguère et d'afficher devant lui son bonheur.

Savinski attendait Lydia. Il devait se rendre avec elle dans un appartement éloigné, de l'autre côté de la Néva, où Spasski était descendu. Comme il regardait par la fenêtre pour voir si la jeune fille arrivait, il aperçut un fiacre à sa porte. Le cocher était un vieil homme à barbe blanche, au nez tout petit. Il sembla à Savinski qu'il le connaissait. Il fit un effort de mémoire. Où l'avait-il vu? — Ah! à sa porte même, il y avait deux ou trois jours. « C'est un izvostchik de l'Okhrana, pensa-t-il soudain. Ils ne sont pas malins, vraiment. Ils pourraient le changer et ne pas envoyer deux fois de suite le même, surtout dans une rue aussi déserte que la mienne. » — Mais, en même temps, l'idée qu'il était de nouveau suivi lui était fort désagréable. Quel danger encore les menaçait, Lydia et lui ? Il faudrait y penser, prendre des précautions. Ce brusque rappel aux réalités du temps le glaça pendant quelques minutes.

La venue de Lydia fit rentrer la paix dans son cœur. Ils sortirent ensemble. Savinski s'adressa au vieil izvostchik :

— Combien veux-tu pour aller à Zabalkanski ?

— A quel numéro, barine ?

— Je ne sais pas le numéro, mais je connais la maison, dit Savinski. C'est à peu près au milieu de la Perspective.

— Vingt-cinq roubles pour vous, fit le cocher. Ce n'est pas cher.

— C'est encore trop cher pour un bourgeois comme moi aujourd'hui, répondit Savinski de bonne humeur. Je prendrai le tramway.

Le fiacre ne répondit pas. Savinski gagna avec Lydia la Millionnaia. Et cependant que l'izvostchik, au petit trot de son cheval, partait pour le sud de Petrograd, Savinski et Lydia, en voiture, se dirigeaient vers la banlieue nord.

Arrivés près de la rue où ils se rendaient, ils la quittèrent et allèrent à pied jusqu'à la maison convenue. La vue d'un soldat assis à une table dans le vestibule inquiéta Savinski. La présence de Lydia l'avait jusque là empêché de réfléchir à l'imprudence qu'il commettait en mêlant gratuitement la jeune fille à une aventure qui pouvait être périlleuse. Mais le soldat ne les regarda même pas et ils montèrent à l'appartement dont ils avaient le numéro.

Une gracieuse jeune femme leur ouvrit la porte. La présence de Lydia parut la surprendre. Elle regarda Savinski avec embarras. Il sourit.

— Ne vous inquiétez pas, dit-il, madame est avec moi.

« Madame » plut à Lydia.

Sans répondre un mot, la jeune femme les introduisit dans un salon où elle les laissa seuls.

C'était une vaste pièce, nue et froide. Dans un angle, une petite table non desservie montrait que deux personnes avaient déjeuné là.

— Chez qui sommes-nous ? demanda Lydia à voix basse.

— Chez de braves gens, pour sûr, répondit Savinski, mais je ne sais comment ils s'appellent. Notre ami a ainsi plusieurs logements où on le cache, mais même à moi il n'a jamais dit le nom de ses hôtes... Il a raison ; il joue un jeu dangereux pour lui et pour ceux qui le reçoivent.

A cet instant une porte s'ouvrit et André Ivanovitch Spasski apparut devant eux. Sa figure énergique s'éclaira d'un sourire joyeux lorsqu'il vit Lydia. C'est à elle qu'il courut.

— Lydia Serguêvna, dit-il, quel plaisir vous me faites ! Vous ne savez pas combien j'ai pensé à

vous. Mais je n'aurais jamais osé demander à vous voir.

En un rien de temps, ils étaient tous trois dans une intimité charmante. Au début, Savinski disait « vous » à Lydia, mais celle-ci ayant répondu par le tutoiement, il s'y était rangé aussi et maintenant ils causaient tous trois comme de vrais amis. Spasski leur expliquait ses projets. Il avait une organisation de combat sérieuse qui, déjà, avait failli remporter la victoire dans le soulèvement de Iaroslaf. Perm était entre leurs mains. Koltchak et les Tchéco-Slovaques les y avaient rejoints. Toute la Sibérie était libre du joug des Soviets. Il partait retrouver Koltchak, qui paraissait mal entouré.

— Je voulais vous proposer de venir avec moi, Nicolas Vladimirovitch. Petrograd n'offre plus d'intérêt. Il n'y a rien à faire ici. Les Alliés sont à Arkhangel. Nous nous réunirons à eux. Au printemps prochain, nous marcherons tous ensemble sur Moscou.

Savinski le retrouvait tel qu'il l'avait laissé, inaccessible à la peur, avec le même enthousiasme, la même volonté de réussir qu'aucun échec ne pouvait abattre. Ils parlèrent assez longuement de la situation actuelle. Spasski insistait pour que son ami acceptât sa proposition.

— Et moi ? dit tout à coup Lydia.

— Vous, Lydia Serguêvna, mais vous viendrez travailler avec nous, cela va sans dire. Un voyage un peu fatigant jusqu'à l'Oural ne vous effraie pas et les troisièmes classes ne seront pas trop dures pour vous, ni peut-être une centaine de verstes en télègue. J'ai déjà un passeport pour Nicolas Vladimirovitch. Il va changer son nom trop connu contre celui plus obscur de Petrof.

— Je serai Mme Petrof, dit Lydia enchantée.

— Nous mettrons donc que le camarade Petrof voyage avec sa femme.

Ils se quittèrent en prenant rendez-vous à une autre adresse pour le surlendemain.

Mais le lendemain, comme Savinski déjeunait seul, un soldat vint le retrouver avec un billet de Spasski, — très laconique : « On sait ici que je suis arrivé. Je ne puis rester et pars tout à l'heure. Voici votre passeport. Je vous attends à Perm. — S. »

Le passeport était au nom d'Ivan Iliitch Petrof, courtier en lin, de Vladimir. Mme Petrova accompagnait son mari. Ce même jour, Savinski alla remettre le passeport à la domestique de son appartement sur la Fontanka, qui le donna au chef-gardien, et Savinski se trouva avoir ainsi une double personnalité légale à Petrograd.

— Il ne me reste qu'à laisser pousser ma barbe, dit-il à Lydia.

— Crois-tu que ce soit nécessaire ? fit celle-ci avec inquiétude.

— Hélas ! il y a trop de gens qui me connaissent, répondit-il, mais, pour l'instant, Nicolas Vladimirovitch Savinski peut encore habiter cette ville.

III

NUAGES A L'HORIZON

L'automne vint, et les pluies. Bientôt les premières neiges apparurent.

— Nous aurons froid, mon enfant, dit Savinski à Lydia.

— Dans tes bras, je n'aurai jamais froid, répondit-elle en riant.

Dans l'appartement de l'Aptiékarski Péréoulok, Savinski fut obligé de fermer la salle à manger pour économiser sa provision de bois qu'il renouvelait avec peine. On ne chauffa plus que le cabinet de travail et la chambre à coucher. A la Fontanka, il restait du bois pour deux ou trois mois seulement. On avait d'extrèmes difficultés à se nourrir, quelque argent que l'on dépensât. Dans l'hôtel du prince Serge, seules les pièces sur le quai étaient habitables. Chez les Choupof-Karamine, la situation était moins tendue, car Nathalie avait reçu — on ne savait d'où — une vingtaine de sagènes du plus beau bouleau. Des camions militaires les avaient apportées un jour. Son cercle s'était restreint encore. Elle n'avait plus qu'une dizaine d'amis russes et quelques ministres des légations neutres auxquels elle prodiguait ses amabilités.

Siméonof avait refait son apparition à Petrograd. Sous Trotski, ministre de la Guerre, il était rentré en faveur et avait reçu le commandement militaire de la ville. Savinski avait appris son retour sans plaisir. Pourtant, il le voyait quelquefois. Il semblait qu'avec le succès Siméonof fût devenu un peu plus humain. Le triomphe du bolchévisme, sur lequel il avait spéculé, le comblait d'aise. Il était tout à la tâche d'organiser l'armée rouge, qui était la grande pensée du règne de Trotski.

— Nous allons rétablir l'empire dans ses frontières naturelles, dit-il un jour à Savinski, et peut-être même lui donner une étendue qu'il n'a jamais eue. La tâche nous est facile maintenant. La guerre a épuisé l'Europe. Le mécontentement est partout. Les sacrifices ont été trop grands. Et puis, tous les peuples aujourd'hui se haïssent. Il n'y a plus d'Europe, mais une confusion prodigieuse de passions et d'intérêts antagonistes. Nous seuls avons une doctrine et une foi en face d'adversaires divisés. Nous ferons de grandes choses, je vous l'avais prédit... Jusqu'à quand continuerez-vous à nous bouder? Voyez quelles positions nous pouvons offrir à ceux qui se rallient sincèrement à nous! Vous avez lu le mot de Lénine disant qu'il donnerait un demi-milliard au financier qui pourrait mettre sur pied les finances de l'Etat.

Savinski haussa les épaules avec lassitude. Il ne se sentait pas la force de discuter. Il se borna à dire :

— Vous avez peut-être raison, Léon Borissovitch. Hélas! je ne me sens pas de taille à entreprendre cette tâche-là.

— Réfléchissez encore, Nicolas Vladimirovitch, mais les temps sont tels qu'il faut être avec nous ou contre nous. Dans la période où nous sommes, les dilettantes seront écrasés. Souvenez-vous de ce que je vous dis. Je ne vous prends pas en traître.

C'était le Siméonof de naguère qui parlait encore et Savinski le quitta l'âme glacée.

Se rallier au bolchévisme était hors de question. Se faire le complice des atrocités qui ensanglantaient la Russie et abattaient autour de lui tous ses anciens amis, il ne fallait pas y songer. Et, du reste, quelle action y exercerait-il? Comment arrêter la catastrophe économique, la chute à l'abîme où roulait la Russie?

Mais alors, combien de temps pourrait-il continuer à y vivre? Chaque jour ajoutait aux difficultés et aux dangers. Où aller? Perm ou Koltchak? L'Ukraine? Comment emmener Lydia, dont il ne pouvait se passer? Le vieux prince impotent. La princesse, de volonté malade, incapable de quitter son petit salon. Passer en Finlande avec eux tous, s'il les pouvait décider? Mais y retrouverait-il les facilités qu'il avait à Petrograd de voir Lydia librement cinq ou six heures par jour? Sa femme et ses enfants étaient en Angleterre. Sonia ne voudrait-elle pas revenir alors auprès de lui? Comment pourrait-il ne pas la recevoir? Et la même réponse se faisait entendre sans cesse : il ne renoncerait pas à Lydia.

L'angoisse parfois lui serrait le cœur. Il ne retrouvait la paix qu'auprès de sa maîtresse. Il ne se lassait pas d'elle; elle ne se fatiguait pas de lui. Chaque jour, au contraire, rendait plus étroits et plus forts les liens qui les liaient. Avait-il vécu avant de la connaître? Pourrait-il continuer d'être sans elle? Il causait librement avec Lydia; il ne lui cachait aucune de ses préoccupations; il n'y avait entre eux pas l'ombre d'un secret. Devant elle, il « pensait à haute voix », comme il disait, et rien n'était plus précieux, dans l'étouffement que la terreur faisait planer sur la ville, que cette entière ouverture d'âme à deux.

La première fois qu'il parla à cœur ouvert de la situation telle qu'il la voyait, il n'aborda qu'avec crainte l'hypothèse d'un retour possible de sa femme en Finlande.

Lydia l'arrêta aussitôt qu'elle comprit où il voulait en venir. Elle se jeta dans ses bras en pleurant.

— Est-ce que je ne te suffis donc pas? dit-elle au milieu de ses sanglots. Es-tu las de moi?... Ne m'aimes-tu déjà plus?...

Elle étouffait de douleur; elle ne pouvait parler. En vain, Savinski essayait-il de la raisonner, de lui montrer l'absurdité de ses craintes. Elle n'écoutait rien. Lorsque cette crise eut épuisé sa violence, elle sembla tout à coup transformée. Elle avait repris son sang-froid. Elle discutait avec un calme apparent.

— Je comprends bien, dit-elle à Savinski stupéfait, que tu cours de grands risques ici et que tu ne les supportes qu'à cause de moi. Tu peux être jeté en prison; il peut t'arriver pire encore. Si tu as peur, comment t'en vouloir?... A ta place, je sentirais comme toi... Alors, pourquoi discuter? Il n'y a rien à dire... Prépare ton départ. Je t'aiderai en toutes choses. Mais moi, je ne quitterai pas la Russie... J'aime mieux mourir ici que vivre ailleurs...

Mais elle ne put soutenir plus longtemps cet effort. Elle tomba sur le divan, la tête enfouie dans les coussins, toute frissonnante de mouvements nerveux. Et comme Savinski se penchait vers elle, elle prit la tête de son amant entre ses deux mains.

— Pardonne-moi, balbutia-t-elle, pardonne-moi... Je suis une méchante fille... Mais j'ai trop de chagrin... Ne me quitte pas, toi qui es à moi... Je te suivrai où tu voudras... Tu es le maître; je serai ta servante...

Elle le couvrait de baisers passionnés. La serrant contre lui, sa joue mouillée des larmes de sa maitresse, Savinski ne pouvait que répéter :

— Lydotchka, je te l'ai dit il y a longtemps déjà, je ne te quitterai jamais.

. . . .

Le lendemain de cette scène, qui avait brisé les nerfs des deux amants, lorsque Lydia arriva, vers les deux heures, chez Savinski, elle trouva Annouchka dans la consternation. A dix heures, ce même matin, un commissaire et un soldat étaient venus chercher son maitre en automobile pour l'emmener à la Gorokhovaia. On ne lui avait pas laissé le temps d'écrire, mais il faisait dire à Lydia Serguèvna qu'il ne s'agissait vraisemblablement que d'un interrogatoire et qu'il serait relâché dans l'après-midi. Sinon, elle recevrait le lendemain un billet qu'il lui ferait passer par un des prisonniers qu'on libérait quotidiennement. Lydia pâlit et s'appuya sur la vieille Annouchka, qui la soutint. Savinski en prison !... Sans elle !... A cause d'elle, sans doute... Un remords affreux lui déchirait l'âme au souvenir des paroles dites la veille. Comment attendre? Comment perdre un instant? Il fallait courir chez Siméonof... La nécessité d'agir lui rendit des forces. Elle se dirigea à pas rapides vers l'étatmajor, sur la place du Palais, et demanda à voir le général.

Le hasard voulut qu'il fût à son bureau. Lorsque le nom de Lydia Serguèvna lui fut passé, il la fit entrer aussitôt. Il y avait plus d'un an qu'ils ne s'étaient vus, et l'insensible Siméonof resta stupéfait du changement qu'un temps si bref avait apporté dans l'expression de la jeune fille. Il l'avait quittée, elle était presque une enfant. Il avait devant lui une femme dont les traits bouleversés ne pouvaient altérer la beauté. Et ce visage tout vibrant d'émotion faisait comprendre même à un homme aussi éloigné que l'avait été jusqu'alors Siméonof des réalités du sentiment la profondeur d'une vie passionnelle qu'il n'avait jusqu'alors pas soupçonnée. Pour la première fois, il sentit un cœur d'homme battre dans sa poitrine, et, comme Lydia lui disait : « Nicolas Vladimirovitch est en prison », il la rassura et, en même temps, un curieux sentiment, jamais éprouvé, et qui ressemblait singulièrement à de la jalousie, monta en lui.

— Ne vous inquiétez pas, dit-il, je vais m'occuper de lui tout de suite.

Il saisit le téléphone. Mais Lydia lui prit la main.

— Il est à côté d'ici, fit-elle d'une voix altérée, à deux pas, à la Gorokhovaia. Allons-y ensemble.

Siméonof la regarda, étonné. Comme elle l'aimait ! Mais il ne résista pas et suivit la jeune fille. Arrivé au bas de l'escalier, avant de sortir sur la place du Palais, il lui dit :

— Attendez-moi ici, Lydia Serguèvna. Je ne puis vous emmener à la Gorokhovaia. Je reviens dans un instant.

Mais Lydia refusa...

— Je vous attendrai dans la rue, dit-elle, chaque instant compte...

Sur la place et dans les quelques minutes du trajet, Siméonof dit à Lydia :

— Puisque je vous vois enfin et puisque vous avez de l'influence sur Nicolas Vladimirovitch, laissez-moi vous faire comprendre que vous pouvez lui rendre un grand service. Il est menacé, c'est vrai... Je pourrai peut-être encore le tirer d'affaire, mais, Lydia Serguèvna, il faut qu'il se rallie à nous, qu'il travaille avec nous. Nous avons besoin de lui. Persuadez-le... Sinon, je ne serai pas toujours assez puissant pour le sauver...

— Oui, oui, disait Lydia, qui paraissait ne pas entendre. Je vous le promets... Mais hâtons-nous... Je vous reverrai plus tard. Vous m'expliquerez alors ce que je dois faire.

Ils étaient à la porte de la préfecture. Siméonof entra seul. Dix minutes plus tard, il retrouva Lydia, immobile et pâle, sur le trottoir.

— La chose est arrangée, dit-il. Notre ami sera libéré, mais il y a des formalités à remplir. J'ai dit qu'on l'amène à l'état-major. Si vous voulez l'attendre, venez chez moi vous chauffer. Je ne veux pas vous laisser sur ce trottoir glacé.

Lydia le suivit sans protester. Elle avait froid; elle était fatiguée. Depuis qu'elle appartenait à Savinski, elle n'avait pas connu une heure où elle se sentit aussi misérable.

Siméonof reprit le thème qu'il avait abordé en se rendant à la prison. Savinski risquait gros maintenant; aujourd'hui déjà, sa libération n'avait pas été accordée sans difficulté. Et, comme il savait Lydia ardente patriote, il développa avec ingéniosité le thème de la réunion des terres russes sous le drapeau rouge et l'anéantissement de l'œuvre impie de dislocation menée par la première révolution. Sur ce terrain, il était à son mieux.

Il y fut brillant. Il évoqua les grands souvenirs de la Révolution française, et si Lydia ne voulut pas comprendre ce que pouvait avoir d'ingénieux l'allusion au jeune Bonaparte inconnu, cherchant sa voie dans la suite de Robespierre, c'est qu'elle n'y mit pas de bonne volonté. Mais, en vérité, Lydia écoutait à peine. Savinski tardait, à quoi pouvait-elle penser d'autre ? Tant qu'il ne serait pas là, elle n'aurait pas la paix du cœur. Et, du reste, ce cœur était profondément troublé. C'était à nouveau la question du départ qui se posait, la Finlande, le retour de Sonia... Lydia était comme morte. Pourtant, il lui fallut répondre à une question directe de Siméonof qui lui expliquait la nécessité pour elle aussi d'accepter un travail dans les bureaux du gouvernement. Personne ne vivrait sans travailler pour les Soviets. Il pourrait la prendre à l'état-major comme secrétaire et lui donnerait une besogne intéressante à faire.

Elle sourit faiblement.

— Je vous remercie, Léon Borissovitch, vous êtes très aimable...

Et soudain, elle bondit sur la porte. Savinski entrait.

— Te voilà, dit-elle, je te revois.

Elle avait oublié jusqu'à la présence de Siméonof qui la regardait sans parler. Quelques minutes plus tard, elle emmenait son amant, lui laissant à peine le temps de remercier Léon Borissovitch.

Quelques semaines passèrent. Une fois de plus, les fêtes de Noël et du Jour de l'An furent célébrées dans la tristesse et la misère générales. Les espérances de salut reculaient chaque jour. Il faudrait attendre maintenant l'été pour voir l'amiral Koltchak et le général Denikine reprendre l'offensive en Sibérie et dans le Sud. Réussiraient-ils ? Rien n'était moins certain, et cependant il fallait traverser les mois glacés de l'hiver avec une nourriture et un chauffage insuffisants. Lydia était souvent soucieuse et s'en voulait de sa tristesse. Elle aurait voulu ne donner avec sa jeunesse que de la gaieté et de la joie à son amant. Elle se disait qu'elle devait aujourd'hui lui tenir lieu de tout. N'était-il pas à Petrograd pour elle seule, séparé des siens ?... Et pourtant, comment se résigner à partir ? Et si elle en avait la force, comment déciderait-elle sa mère murée chez elle, son père incapable de subir les fatigues d'un voyage difficile ? Et puis, auraient-ils un visa ? Ces obstacles lui paraissaient insurmontables, et, le plus grand, c'était en elle qu'elle le trouvait.

C'est alors qu'un événement imprévu vint, une fois de plus, modifier la situation et lui donner un aspect nouveau.

Elle arriva une après-midi de janvier chez Savinski, à peine avait-il fini de déjeuner solitaire sur une petite table collée au poêle de son cabinet de travail. Le visage de la jeune fille était animé et, dès les premiers mots, elle apprit à Savinski ce qui s'était passé.

— Imagine-toi, lui dit-elle, que nous avons eu, nous aussi, une perquisition cette nuit. Mais, grâce à Dieu, personne de nous n'a été arrêté. On venait voir si nous avions des armes cachées et des documents compromettants... Et puis, ils sont arrivés à une heure convenable, au moins. Il n'était pas minuit et personne n'était couché... Le plus drôle, chéri, était que le commissaire militaire était ce même Ivanof qui est venu ici, tu te souviens... Il m'a reconnue, cela va sans dire, mais il n'a pas eu un mot devant ma mère... Seulement, quand nous étions seuls un instant, il m'a souri et m'a dit que j'étais toujours aussi belle, imagine-toi... Mon pauvre papa a été très bien. Aucune frayeur, pas même un étonnement. Il semblait qu'il les attendît depuis longtemps et qu'il ne fût surpris que de leur venue si tardive. Ivanof s'est excusé auprès de lui et ils sont à peine restés dix minutes dans son appartement... Quant à maman, ç'a été bien autre chose. Il a fallu attendre à sa porte longtemps... Elle était enfermée avec sa femme de chambre et, quand elle a ouvert — le croirais-tu ? — elle s'était mise en grande toilette de bal avec tous les bijoux qui lui restent. Elle tremblait comme la feuille, ma pauvre maman, mais elle était pleine de dignité et dit aux commissaires : « Messieurs, je suis prête à vous suivre, excusez-moi de vous avoir fait attendre. » Elle ne voulait pas écouter un mot de ce qu'ils lui disaient. En vain Ivanof essayait de la rassurer... Elle répétait à chaque instant : « Je vous montrerai, messieurs, comment une vraie Russe sait mourir. » Et, d'abord, j'avais envie de rire, tu comprends, et puis j'ai eu tellement pitié d'elle que les larmes me sont montées aux yeux... Par moment, elle me prenait dans ses bras et disait : « Je pense que la mère vous suffira, messieurs, permettez que j'embrasse ma fille. » C'était une scène déchirante. Ils sont sortis, enfin, la laissant à moitié évanouie avec Katia... Et moi j'ai été obligée de les accompagner dans le reste de l'hôtel où on grelottait de froid... Ils sont partis à une heure et demie, n'ayant rien trouvé, ni papiers, ni armes, sauf un vieux sabre de papa qu'ils ont laissé... Les soldats, cette fois-ci, ont volé quelques objets...

Lydia s'arrêta brusquement, comme si elle avait quelque chose à dire encore devant lequel elle s'arrêtait. Savinski, qui ne la quittait pas des yeux, la vit devenir songeuse ; son front s'était plissé ; ses regards fuyaient ceux de son amant. Elle se rapprocha de lui, mit sa tête sur l'épaule de Savinski et resta longtemps silencieuse.

— Comment vont tes parents, aujourd'hui ? demanda-t-il enfin.

Lydia eut un mouvement brusque.

— Je te dirai tout, dit-elle... Papa est bien ; c'est même surprenant. Il y a longtemps qu'il n'a été en aussi bonne santé. Ce matin, il a fait quelques pas tout seul dans sa chambre avec ses deux cannes, et il chantonna une vieille chanson qu'il aime et que je n'avais pas entendue depuis la révolution... Mais ma pauvre maman est tout à fait bouleversée... C'est un drame véritable... Pense un peu qu'elle ne s'est pas couchée. Non, elle n'a plus qu'une idée : quitter la Russie. Pendant la nuit même, elle a commencé à faire ses malles ; elle y a travaillé avec Katia toute la matinée. Elle répète sans cesse : « Je ne resterai pas un jour de plus dans un pays où les femmes sont traitées ainsi... » Je ne sais pas, mais je crois qu'elle a un peu perdu la tête... Ce matin, elle a voulu absolument envoyer le général Vassilief prendre des places à la gare de Finlande pour Stockholm. Elle croyait qu'on avait encore des billets pour l'étranger comme jadis... Il a fallu que le pauvre général y allât et, lorsqu'il est revenu les mains vides, elle lui a fait une scène, lui a dit que c'était de sa faute, qu'il n'était bon à rien et, finalement, a déclaré qu'elle voulait te voir, que seul tu saurais lui arranger toutes choses. C'est elle qui m'a envoyé chez toi. Elle t'attend...

De nouveau, il y eut un long silence. Lydia restait serrée contre Savinski, comme si elle n'osait le regarder. Il entendait les battements pressés de son cœur. Il n'était pas besoin de la questionner; il savait quelle passion elle souffrait à cette heure. Il la caressait doucement et à basse voix il lui dit :

— Où que nous soyons, nous vivrons ensemble, ma petite âme... Console-toi, je t'en prie.

— Je sens que je vais te perdre, disait Lydia en sanglotant.

Et elle s'accrochait désespérément à son amant.

IV

LE DÉPART

Il fallut préparer le départ et obtenir des visas du gouvernement. Lydia avait déclaré qu'elle ne quitterait la Russie qu'au jour où Savinski aurait son passeport en règle pour l'étranger. Il était impossible de le demander sous son nom. Heureusement avait-il le passeport d'Ivan Iliitch Petrof, courtier en lin, que lui avait remis Spasski. Devait-il essayer de gagner sous ce nom l'Esthonie voisine? Il y avait à Reval, en ce moment, des acheteurs de lin pour l'Europe et peut-être le prétexte serait-il suffisant. Vaudrait-il mieux, au contraire, s'enfuir clandestinement par la frontière finlandaise? Des agences de contrebandiers se chargeaient de vous faire passer la frontière moyennant une vingtaine de mille roubles. Lydia était très opposée à ce projet qui lui paraissait dangereux, alors qu'à Savinski il semblait facile. Elle ne voulait l'adopter que comme dernière ressource si le visa pour Reval était refusé. Savinski s'en occupa sans perdre de temps.

Cependant Lydia ne désespérait pas d'obtenir par Siméonof, pour elle et les siens, un laissez-passer qui leur permettrait de gagner en quelques heures la Finlande. Le vieux prince, bien que l'amélioration de sa santé persistât, ne pourrait supporter un trajet plus long. La princesse vivait dans une agitation extrême. Ses malles étaient prêtes et fermées dès le lendemain du jour où la perquisition avait eu lieu. Elle ne quittait pas son costume de voyage. Ses relations avec son vieil ami Vassilief avaient subi un étrange changement. Elle le traitait maintenant comme un homme sans valeur, comme un être inutile qu'on tolère auprès de soi, mais dont on n'attend rien. Elle ne lui pardonnait pas de n'avoir su lui procurer à la gare de Finlande les billets qu'elle l'avait envoyé chercher. Elle affectait de se désintéresser de lui et lorsque le pauvre général, qui se sentait oublié dans la fièvre qui tenait tous les hôtes de la maison, se risquait à demander : « Et que ferai-je, moi ? », elle se bornait à répondre : « Vous n'êtes pas un enfant, que je sache. Si vous voulez nous suivre, arrangez-vous. » Quant au prince Serge, il s'entraînait chaque jour à faire quelques pas dans son cabinet tout en sifflotant une marche guerrière. Il se préoccupait du sort de Savinski. Lydia, sans lui donner de détails, le rassura. Savinski serait à Helsingfors deux ou trois jours après eux.

Les bureaux refusant les visas pour l'étranger, il fallut aller voir Siméonof. Lydia s'y rendit seule.

Siméonof l'écouta avec une extrême politesse et ne fit aucune difficulté pour le visa du prince et de la princesse qu'il tâcherait d'obtenir du commissaire des Affaires étrangères. La détestable santé du prince justifiait une cure à l'étranger. Un médecin l'irait voir et donnerait son opinion. Mais la chose pouvait être regardée comme acquise.

Lydia éprouvait une étrange sensation à se trouver en face de Siméonof. Elle avait peine à imaginer, en le voyant, qu'il était un des chefs de ce terrible parti bolchévique qui répandait la terreur en Russie et pour qui la vie des gens ne valait pas d'être ménagée. Il était d'une courtoisie parfaite avec elle, plus encore qu'aux jours de jadis où elle le rencontrait chez Nathalie Choupof-Karamine. Il était élégant, soigné. Se pouvait-il que cette main blanche eût signé tant de condamnations à mort?... Il avait sauvé Savinski... Mais n'était-ce pas lui qui l'avait fait emprisonner?... Comme il était énigmatique, impénétrable !

Cependant il se montrait fort aimable et il traitait sa visiteuse avec beaucoup d'égards. Manifestement il voulait lui plaire.

— Je comprends, dit-il, que votre père et votre mère veuillent quitter Petrograd et je ferai ce qui dépend de moi pour faciliter leur départ. Mais vous, Lydia Serguêvna, pourquoi partir?... Si vous étiez une jeune fille ordinaire, je trouverais naturel que vous ayez peur d'habiter une ville où l'ordre n'est pas encore parfait, tant s'en faut, où l'on est mal chauffé et où l'on mange médiocrement. Mais vous êtes bien au-dessus de ces craintes vulgaires... Vous êtes courageuse, je le sais. On ne vous effraie pas facilement... Est-ce que vous ne sentez pas le prodigieux intérêt qu'il y a à vivre en Russie aujourd'hui? Jamais notre pays n'a été le champ d'une expérience humaine plus passionnante que celle que nous y tentons. Le monde entier a les yeux sur nous. Notre fièvre a passé les frontières, gagné l'Europe et franchi les mers. De cette maladie, une humanité nouvelle va naître. C'est ici qu'elle verra le jour... C'est la Russie qui en fera cadeau au monde. Jamais la Russie n'a vécu une heure plus noble et plus émouvante... Pensez à nos grands hommes, à nos panslavistes, à Dostoievski que vous aimez tant... Ils ont tous senti qu'il était réservé à la Russie de dire la parole nouvelle que l'univers attend. Eh bien ! cette parole, c'est nous qui l'apportons, Lydia Serguêvna, et c'est au moment où la Russie est en enfantement que vous voulez aller vivre une existence facile d'émigrés, à l'étranger, et cela pour éviter l'inconfort de Petrograd d'aujourd'hui ?... Lydia Serguêvna, permettez-moi de vous le dire, cela n'est pas digne de vous.

Il tenait à Lydia le langage même qu'elle attendait. Il n'était pas de jour où elle ne se désolât d'être obligée de quitter la Russie et les arguments nouveaux que lui apportait Siméonof trouvaient audience en elle. Aussi suivit-elle ce dernier sur le terrain où il l'appelait et une vive conversation s'engagea entre eux, à laquelle l'officier prit le plus vif plaisir.

Mais Lydia revint à son point de départ.

— Mon père est à la fin de ses jours, dit-elle. Il n'aime que moi au monde ; je ne puis le quitter, mais croyez bien, Léon Borissovitch, que je serai désolée de vivre à Helsingfors. D'abord, je déteste les Finlandais...

— Bravo ! cria Siméonof enchanté, j'entends une vraie Russe... Vous verrez, Lydia Serguêvna, ce que nous allons faire avec notre armée. Mais si vous partez...

Il s'arrêta, hésita, regarda Lydia bien en face et ajouta :

— Est-ce que vous aurez vraiment le courage de partir ?...

Et, sans lui laisser le temps de répondre, il continua :

— Eh bien, si vous partez, je suis certain que vous reviendrez, à moins que ce soit nous qui allions vous chercher en Finlande.

Et, tout à coup, il dit :

— A propos, que pense de tout cela notre ami Nicolas Vladimirovitch ? Vous savez que nous ne le laissons pas partir.

Lydia, surprise par cette attaque inattendue, ne put s'empêcher de rougir. Ce Siméonof était décidément un homme dangereux, elle l'avait bien jugé dès le premier jour. Comme elle aurait voulu crier la vérité à Siméonof, qui s'imaginait pouvoir lui plaire ! Elle se mordit les lèvres et se borna à répondre :

— Vous le lui demanderez vous-même, Léon Borissovitch.

Une dizaine de jours plus tard, la famille Volynski avait ses passeports en règle, Katia elle-même y était portée.

Savinski, cependant, travaillait à obtenir un visa pour Ivan Iliitch Petrof. L'argent joua un rôle efficace dans les bureaux du commissariat et, un soir, comme Lydia venait dîner avec lui, il lui montra le papier officiel qui permettait au courtier en lin de se rendre à Reval. Une fois là, Savinski n'aurait aucune difficulté à gagner Helsingfors. Par crainte d'une perquisition, il laissa le passeport dans son appartement de la Fontanka.

Les Volynski partiraient un matin pour la Finlande. Le même soir, Savinski prendrait le train pour Reval. Depuis une quinzaine de jours, il laissait pousser sa barbe, et il avait acheté un pince-nez un peu teinté, de façon à n'être pas reconnu, s'il rencontrait quelqu'un de connaissance à la gare ou dans le train.

La veille du départ, au matin, Lydia fut surprise d'être appelée au téléphone par Siméonof. Le commandant en chef de l'armée du Nord souhaitait un bon voyage et un prompt retour à la jeune fille. Des ordres étaient donnés à la frontière pour que les formalités leur fussent facilitées. Siméonof, enfin, pour épargner au vieux prince la fatigue d'un trajet en traineau, se permettrait de lui envoyer son automobile pour le conduire à la gare. Il termina sur cette phrase :

— Je fais en sorte d'être assuré de vous revoir, Lydia Serguêvna.

Que voulaient dire ces mots énigmatiques ? Ils inquiétèrent la jeune fille. Siméonof lui apparaissait comme un être doué d'un pouvoir diabolique. Jusqu'où pouvaient s'étendre ses machinations ténébreuses ?... Mais dans l'affairement de la matinée, elle n'eut guère le loisir d'y songer. La princesse accepta comme chose naturelle et due l'offre de l'automobile. Siméonof n'avait-il pas appartenu jadis à un des régiments de la Garde ? C'était, en somme, un homme de son monde. La bonne éducation était en dehors et au-dessus des questions politiques.

Lydia passa l'après-midi chez Savinski. Elle ne lui communiqua pas les dernières paroles de Siméonof. A quoi bon l'inquiéter ? Du reste, elle ne songeait qu'à ce départ du lendemain matin qui, pour trois ou quatre jours au moins, allait la séparer de son amant. Elle ne pouvait se faire à l'idée de le laisser seul même quelques heures à Petrograd. Elle lui fit promettre de ne pas se montrer de la journée dans les rues ; il devait passer l'après-midi à la Fontanka et, à la nuit, gagner la gare Baltique. Il ne devait parler à personne dans le wagon et, dès qu'il serait à Reval, il lui télégraphierait à l'hôtel Kemp à Helsingfors. Ces détails précis, qu'elle répéta plusieurs fois, n'arrivaient pas à dissiper son inquiétude. Elle essayait de la cacher à son ami ; elle n'y parvenait pas. Et Savinski, lui-même, voyant devant lui sa belle et jeune maîtresse, avait le cœur serré à l'idée qu'il la contemplait pour la dernière fois. Les plus sombres pressentiments les agitaient ainsi. L'atmosphère, dans le petit appartement, était devenue si chargée qu'ils le quittèrent presque soulagés lorsque l'heure vint pour Lydia de rentrer chez elle.

Savinski l'accompagna jusque dans sa chambre. C'est là qu'ils se firent leurs adieux.

Comme il retournait à Aptiékarski Péréoulok, il lui sembla que deux hommes en civil le suivaient. Il s'arrêta au coin de la Millionnaia pour allumer une cigarette. Les deux hommes le devancèrent et continuèrent leur chemin sans paraître prendre garde à lui. Mais, alors qu'il pénétrait sous sa porte cochère, il crut les apercevoir sur le trottoir opposé, un peu derrière lui, dans sa rue même.

Le lendemain, il ne sortit de chez lui que vers deux heures. Il eut la précaution de passer par l'escalier de service et de traverser la maison qui donnait sur le Champ-de-Mars. Il y avait plusieurs passants sur la route qui longe le canal, mais il ne remarqua rien de suspect et arriva sans être inquiété à la Fontanka.

Dans l'appartement, il se précipita à la fenêtre et, de derrière les rideaux, il regarda sur le quai. Appuyés contre le parapet, devant des barques chargées de bois, il vit quelques bateliers qui attendaient des clients. Le ciel d'hiver était pur, et le soleil déjà bas. La sérénité du paysage qu'il avait sous les yeux le calma un peu. Depuis qu'il avait quitté Lydia, il avait une peur constante d'être arrêté, une peur irraisonnée qui ne le lâchait pas, qui le faisait trembler malgré lui. A chaque instant, il regardait sa montre. « Encore quinze heures, encore douze heures, encore dix heures avant d'être à la frontière. » Et, à chaque minute qui coulait, le temps qui lui restait à vivre en Russie semblait s'allonger démesurément; il ne pensait à rien; son cerveau vide n'était occupé qu'à compter les secondes. Vers cinq heures, il prit du thé et mangea quelque chose. A six heures, par une nuit sombre, il descendit sur la Fontanka. L'air froid lui fit du bien; ses nerfs se calmèrent. Il marcha d'un bon pas jusqu'à Nevski et là prit un traineau et se fit mener à quelque distance de la gare Baltique. Il ne portait avec lui qu'une légère valise.

Il franchit à pied les quelques centaines de pas qui le séparaient de la gare. Une foule de gens se pressaient le long de barrières de bois dont deux soldats gardaient l'entrée. Il fallait montrer un laissez-passer pour pénétrer à l'intérieur. Savinski tira le permis dont il s'était muni et entra sans difficulté. Dans la gare, l'affluence était moins grande. Le train pour Reval était déjà formé. Il se dirigea vers un wagon de seconde classe.

Comme il mettait le pied sur les marches, une voix derrière lui dit :

— Nicolas Vladimirovitch...

Instinctivement, il se retourna.

Un homme de taille moyenne, en civil, à la courte barbe blonde, le regardait.

— Veuillez m'accompagner jusqu'au commissariat de la gare, Nicolas Vladimirovitch.

Savinski, sans élever une protestation, le suivit.

Après les heures d'angoisse qu'il venait de vivre, il éprouvait une étrange impression de calme, de détente. Le destin avait parlé.

Une heure plus tard, il était enfermé à la Goro-

khovaia. Sa fiche d'écrou portait : « A soutenu de Petrograd tous les mouvements d'insurrection contre la République des Soviets, était en liaison avec Spasski, arrêté le 1ᵉʳ mars 1919 à la gare Baltique au moment où il essayait de franchir la frontière, porteur d'un faux passeport. »

V

PSKOF

Une journée grise d'octobre dans la vieille ville de Pskof. Un ciel brumeux et léger que, par places, le soleil semblait vouloir percer, s'étendait au-dessus des remparts datant du moyen âge et de l'antique église aux cinq coupoles d'or qui domine le Kremlin. Une grande agitation avait régné les jours précédents dans les rues étroites de Pskof. Des partis de soldats débandés, appartenant au corps de l'armée blanche de Youdenitch opérant dans le Sud la traversaient en désordre, tandis que l'armée principale, qui avait été jusqu'aux portes de Petrograd, battait en retraite, le long du golfe de Finlande, dans la direction de Narva. La ville endormie de Pskof avait été remplie du bruit des charrettes qui roulaient sur les pavés pointus. Trop chargées de vivres et de fuyards, elles gémissaient le long des trottoirs de la Sergievskaia. Les maigres petits chevaux qui les tiraient étaient couverts de boue, car les pluies d'automne avaient changé le pays en marécages.

Et maintenant, c'était le silence. Seuls quelques rares soldats attardés passaient encore sans armes et remontaient vers le nord.

Il ne restait, ce jour-là, à midi, qu'un petit détachement de la Croix-Rouge qui, à son tour, allait quitter la ville. Il était logé dans une maison en bois de style Empire, à l'extrémité septentrionale de la cité, sur la rive gauche qui surplombe les flots gonflés et jaunâtres de la Vileika. Cette maison spacieuse avait été, au temps de la grande guerre, la demeure du général Rousski, alors qu'il commandait l'armée du Nord contre les Allemands. Pendant l'offensive de Youdenitch sur Petrograd, en octobre 1919, la Croix-Rouge s'y était installée. Les blessés, peu nombreux, avaient été évacués depuis deux jours. Il n'y avait plus qu'un soldat, originaire du gouvernement de Tambof, qui était en train de mourir du typhus. Le major l'avait vu le matin même et avait jugé qu'il ne supporterait pas le voyage. « Il en a pour vingt-quatre heures à peine, avait-il dit. La servante de la maison en prendra soin. » Et, montant à cheval, il était parti en souhaitant bon voyage à la princesse Lise Babarine, supérieure des sœurs de charité, qui devait partir quelques heures plus tard avec la seule infirmière restant auprès d'elle et un jeune étudiant en médecine qui avait demandé à accompagner les deux femmes. Cet étudiant, à peine âgé de vingt ans et répondant au nom d'Anton Antonovitch Loukomski, était un charmant garçon plein de bonne humeur et de grâce, prêt à rendre service à chacun et aimé de tous. Il récitait des vers de Lermontof aux sœurs, à l'heure du thé, ou fredonnait des romances en s'accompagnant sur la balaleika.

Il allait et venait dans la pièce où était servi un frugal repas et où le samovar commençait à chanter. Tout en marchant, il causait avec la princesse Babarine, qui terminait ses comptes sur une table près d'une fenêtre. La princesse était une femme de passé la cinquantaine, grande, hommasse, laide. Mais on oubliait sa laideur dès que son regard se posait sur vous, car on n'y lisait que bonté et tendresse, un oubli total de soi-même pour ne penser qu'aux souffrances d'autrui. Son mari, général à l'armée du Don, avait été assassiné à côté d'elle par les bolchéviques dans les rues de Novo-Tcherkas un an auparavant. Elle avait gagné la Crimée, Constantinople, la France. Mais elle ne s'y était pas arrêtée, était repartie pour la Finlande, où elle était entrée, malgré son âge, dans la Croix-Rouge destinée au corps expéditionnaire de Youdenitch.

— Eh bien, disait Loukomski, tout est prêt, Lise Ivanovna. Dans une demi-heure, notre équipage sera à la porte... Vous verrez les trois chevaux que je vous ai trouvés. Ce sont des bêtes excellentes... Si vite qu'aillent les diables rouges, ils ne seront pas ici avant demain dans la journée. Nous serons en sûreté déjà... J'ai du thé, du pain, du sucre, des œufs, deux poulets froids, et un officier anglais m'a donné un pot de marmelade... Mais où est Lydia Serguêvna?

— Elle est encore dans notre chambre, dit la princesse Babarine.

L'étudiant en médecine regarda la vieille dame, qui gardait les yeux sur ses papiers. Mais, comme il avait une irrésistible envie de parler de Lydia Serguêvna, il ne s'arrêta pas à cet obstacle et continua :

— Quelle admirable fille ! fit-il. Elle est toujours à son travail. Rien ne la rebute... Il n'y a pas beaucoup de sœurs de charité qui accepteraient les besognes dont elle se charge... Mais comme elle est sérieuse, Lisa Ivanovna ! Je ne suis jamais arrivé à la faire rire. Et pourtant, en ai-je dit des bêtises, vous le savez. Le mieux que j'en ai pu avoir, c'est un sourire... Ah ! si nous avions beaucoup de femmes comme elle, la Russie redeviendrait vite le premier pays du monde...

Cette fois-ci, la princesse laissa son travail et se tourna vers Loukomski, dont l'enthousiasme était communicatif.

À cet instant, la servante, un fichu blanc noué autour de la tête, entra et demanda au jeune étudiant de venir auprès du malade qui délirait. Loukomski la suivit.

La princesse resta seule à la fenêtre, laissant ses yeux errer sur la Vileika qui coulait au-dessous d'elle. Mais ses pensées étaient avec celle dont l'étudiant venait de prononcer le nom. Depuis qu'elle avait fait la connaissance de Lydia, elle s'était attachée étrangement à la jeune fille. Dans la peine où elle était, Lydia ne lui avait rien caché : Savinski arrêté le jour même où elle quittait la Russie, emprisonné depuis huit mois dans la prison des Kristi à Petrograd. Elle en avait eu de rares nouvelles, souvent verbales, par des prisonniers qui avaient été relâchés. Il était en assez bonne santé ; il ne se plaignait pas. Il n'avait pas passé devant le tribunal révolutionnaire. Il était évident, par le ton de ses communications, qu'il ne voulait pas alarmer Lydia. La jeune fille, sur ces renseignements, fondait de grands espoirs. Sans doute, Siméonof, très puissant par la faveur de Trotski, protégeait son amant. Quelque sentiment humain vivait encore au fond du cœur de cet être desséché et l'avait empêché de laisser fusiller un homme avec lequel il avait eu des relations amicales. La vie de Savinski était entre ses mains. Aussi Lydia suivait-elle fiévreusement le jeu des influences changeantes dans la politique des Soviets et faisait-elle des vœux pour que Trotski restât au pouvoir. Elle n'avait qu'un but devant elle : rentrer à Petrograd.

Son père, tant qu'il avait vécu, ne s'était jamais opposé à ce projet, en apparence insensé. Mais la mort était venue le prendre près d'Helsingfors, à la fin de l'été.

Il avait succombé au chagrin plus qu'à la maladie. Le fait est qu'il ne supportait pas de voir sa fille malheureuse et, les derniers temps de sa vie, par un caprice inexplicable de malade, il refusait de recevoir sa femme et n'acceptait que Lydia auprès de lui. Il s'intéressait fiévreusement aux démarches vaines qu'elle tentait pour obtenir des autorités la permission de retourner en Russie. Cette figure de grand vieillard rongé par le souci avait laissé une impression ineffaçable à la princesse Babarine. Il avait voulu la voir une fois avant que Lydia traversât avec elle sur Reval, et, cherchant ses mots avec peine, lui avait recommandé sa fille.

La vieille dame soupira.

Quel drame depuis qu'elles avaient quitté Helsingfors ! D'abord, des espérances magnifiques. Tambour battant, l'armée Youdenitch était arrivée jusque dans les faubourgs de Petrograd. Lydia, alors, était transfigurée. Comment oublier le feu intérieur qui brûlait au fond de ses beaux yeux ? Puis les mauvais jours étaient venus, l'échec, la retraite, et des bruits sinistres qui couraient d'exécutions en masse à Petrograd. Lydia s'était fermée. Pas une plainte ne lui avait échappé. Elle restait obstinément silencieuse, comme en proie à une idée fixe, méditant on ne savait quel projet désespéré. Jusqu'où cette âme ardente irait-elle ?

La princesse Babarine n'osait y penser.

Et voilà qu'aujourd'hui il fallait quitter Pskof, rentrer en Esthonie. Le drapeau rouge flotterait longtemps encore sur le Palais d'Hiver de Petrograd et sur le Kremlin de Moscou.

Cependant, Loukomski reparut. Sa joyeuse humeur à l'idée de voyager auprès de Lydia Serguêvna était insupportable à la princesse, dont le cœur était déchiré.

— Il faut déjeuner, dit-il. Le temps presse.

A ce moment, Lydia reparut et vint s'asseoir silencieusement à table.

Elle portait l'uniforme noir des sœurs de charité. Elle avait coiffé ses cheveux blonds en deux tresses serrées qu'elle ramenait au-dessus du front, à la mode russe, et, sous la coiffe des infirmières, l'ovale de son visage amaigri se dessinait plus pur. Pourtant, quelques mèches folles et frisées refusaient de se plier à cette stricte discipline, comme pour affirmer, plus forte que la volonté, la puissance et la sève de la jeunesse. Ses yeux étaient presque sombres dans la figure pâle. Ils ne laissaient pas lire en elle.

Même Loukomski, si peu observateur qu'il fût — car, dans le grand mouvement d'amour qui l'emportait loin des réalités, comment eût-il eu le sang-froid d'étudier Lydia ? — s'en aperçut. Avec l'ardeur que lui communiquait la présence de la jeune fille, il s'écria :

— Quels yeux avez-vous depuis quelque temps, Lydia Serguêvna ? Ils sont comme l'eau limpide et profonde des lacs de montagne. Les rives s'y réfléchissent, les arbres, les rochers, les neiges et le ciel. Mais ils ne laissent rien voir de ce qu'ils recouvrent...

Lydia sourit faiblement et ne répondit pas.

Ils déjeunèrent sans parler d'abord. Puis l'étudiant, qui ne pouvait garder le silence, raconta la promenade qu'il avait faite en ville le matin même.

— On ne voit plus un bourgeois, dit-il. Où ces malheureux se sont-ils cachés ?... Les gens du peuple eux-mêmes ont peur. J'ai causé avec quelques femmes. « Que peut-on nous prendre ? disent-elles. Nous n'avons rien. » Mais ils craignent tous les représailles des rouges, des fusillades, des exécutions sommaires. C'est un cauchemar, je vous assure...

La princesse Babarine, qui ne regardait que Lydia, frissonna.

— Ne parlez pas de ces horreurs, Anton Antonovitch, je vous en prie...

L'étudiant s'arrêta, étonné, à l'accent de cette voix. Il reprit un instant plus tard, en s'adressant à la jeune sœur de charité :

— La guerre civile est la plus cruelle de toutes. Et c'est la seule que je connaisse... Ce sont des soldats russes qui ont quitté Pskof hier, ce sont des soldats russes qui y entreront demain... Et cette population misérable qui souffre sans comprendre.

Pourquoi cela ?... Quelle folie sanglante s'est emparée de ce pays ?... Vous souvenez-vous de la complainte du mendiant dans *Boris Godounof* : « O malheur, ô malheur ! laisse couler tes pleurs, peuple affamé... » Et nous, que serons-nous ?... Des exilés. Sommes-nous faits pour vivre à l'étranger ? Je me demande souvent, Lydia Serguêvna, pourquoi je ne suis pas resté à Moscou. Peut-être y balaierais-je la neige dans les rues ? Mais quoi, ce serait au moins de la neige russe. Et puis, là-bas, je connais toutes les maisons de la ville...

La princesse suivait l'effet de ces paroles sur le visage de sa jeune amie. Elle la vit pâlir d'abord, puis, à sa grande surprise, une expression de paix profonde apparut sur ses traits. Elle semblait ne plus souffrir. La supérieure se sentit à ce moment elle-même en proie à une émotion qui la faisait trembler. Elle ne pouvait plus supporter le silence de Lydia et ces yeux insondables... Elle se tourna assez brusquement vers Loukomski, lui disant :

— Allez donc voir, Anton Antonovitch, je vous prie, si l'équipage est prêt.

Comme si Lydia avait lu dans les pensées de la princesse, elle se leva dès que l'étudiant fut sorti, vint s'asseoir tout contre sa vieille amie, lui passa un bras autour du cou et glissa sa tête sur l'épaule de la princesse qui lui baisa le front.

— Il faut que je vous parle, Lisa Ivanovna, dit-elle très doucement. J'ai déjà trop tardé... Mais je vais vous faire de la peine, je le sais, et c'est pour cela que j'ai tant remis... Enfin, c'est la dernière minute, il est temps... Seulement, peut-être avez-vous déjà deviné ce que je vais vous dire ?... Il me semble que oui... Je vais rester ici.

La princesse eut un geste d'effroi.

Lydia, lui mettant avec douceur les doigts sur les lèvres, continua :

— Oui, je sais... Ne dites rien... Mais quoi, chez les rouges aussi il y a des êtres humains... Et puis, je n'ai plus le choix... C'est le seul moyen de retourner à Petrograd.

Elle tourna vers le visage ridé de la princesse ses yeux purs. Celle-ci la regarda longtemps, sans mot dire. Elle lisait au fond de l'âme de Lydia. Elle y voyait une résolution calme, sûre d'elle-même, une flamme qui brûlait et que rien ne pourrait éteindre. Elle baisa ce frêle et courageux visage trois fois, fit sur la jeune fille un grand signe de croix et dit simplement :

— Que Dieu soit avec toi, mon enfant.

Un quart d'heure plus tard, l'équipage à trois chevaux emportait de Pskof la vieille princesse, droite sous ses voiles, et un étudiant en médecine qui n'essayait pas de cacher ses larmes.

Vienne,   juillet 1920.
Paris,   mai 1921.

FIN

nalités réunies en l'abbé de Choisy.

L'autre personnage est infiniment plus imprévu et, pour le comprendre, il faut se rappeler l'histoire fameuse du chevalier d'Eon. Pendant tout le cours de sa vie, l'abbé de Choisy, grand doyen de cathédrale, et qui devait devenir sur ses très vieux jours le doyen de l'Académie française, s'habille, le plus ordinairement, en femme. Sa mère lui avait donné dès l'enfance cette étrange habitude de revêtir des costumes de fille. Adolescent, homme mûr, vieillard octogénaire, Choisy demeura, selon le mot de l'abbé d'Olivet, « une coquette qui avait mille fois plus de désir de plaire que les coquettes de profession ». On le chansonne. Il est ravi. N'a-t-il pas d'ailleurs l'approbation de Mazarin qui lui dit : « Il serait à souhaiter que toutes les dames fussent habillées aussi modestement. » Il porte des bijoux et des bagues de grand prix, danse à ravir et fait à ce point illusion qu'un gentilhomme qui s'y trompe le demande en mariage. Plus tard, quand il est devenu très vieux, on le voit encore quêter dans une église sous les atours d'une dame de qualité. Le fait, à l'époque, ne sembla, d'ailleurs, ni plus remarquable, ni plus extravagant que ne le parut celui, en notre temps, d'une femme d'élite vivant toute sa vie en un costume d'homme. On s'habitue aux originalités et la façon de se travestir de l'abbé de Choisy avait fini par ne plus étonner ses contemporains. Mais le singulier personnage était plaisant à évoquer et il a donné à M. Jean Mélia le sujet d'un bien divertissant ouvrage.

L'académicien Charles Brifaut était depuis longtemps tombé dans un oubli légitime malgré son immortalité, lorsqu'il a été ressuscité par une réimpression non point de son œuvre dramatique, mais de ses *Souvenirs* qui valent beaucoup mieux que sa poésie et son théâtre. Le Dʳ Cabanès a enrichi cette réédition (Albin Michel, éditeur, 2 vol., 30 fr.) de papiers inédits, de notes nombreuses, et d'une captivante étude en préface. L'œuvre essentielle, l'œuvre académique de Brifaut, fut ce *Ninus II*, lequel, d'abord, s'était appelé *Don Sanche*, avant que la censure impériale eût obligé l'auteur à transporter l'action de sa pièce d'Espagne en Assyrie. On changea le titre. On changea des noms. « Don Sanche dut quitter ses Etats de Castille et troquer sa cape espagnole contre le manteau asiatique ; on lui permit de se réfugier en Assyrie et il reparut sous les traits de *Ninus II*. » Ce fut, comme

vous le voyez, tout simple et *Ninus II*, incarné, il est vrai, par Talma, obtint un succès à ce point retentissant que les salons se disputaient son auteur et que, au théâtre, le parterre se levait pour saluer Brifaut.

On peut d'ailleurs écrire des tragédies ennuyeuses tout en étant, par ailleurs, un homme d'esprit, et Brifaut savait plaire. Ses souvenirs et ses lettres nous intéressent par tout ce qu'ils nous apprennent de Talma, de Mˡˡᵉ Mars, de Mˡˡᵉ George, de Mᵐᵉ de Staël, de Mᵐᵉ Vigée-Lebrun, de Mᵐᵉ de Genlis, de Mᵐᵉ Récamier, et de tant d'autres qu'il connut. Il soutint la candidature de Lamartine à l'Académie, mais combattit âprement celle de Victor Hugo. Après sa mort, en 1857, Jules Sandeau hérita de son fauteuil au Palais Mazarin où il fit un bel éloge de l'auteur, déjà bien oublié, de *Ninus II*. Ce ne fut pas un enterrement définitif puisque, grâce au Dʳ Cabanès, Brifaut — non plus l'auteur de tragédies, mais le mémorialiste — nous est revenu.

⁎⁎

POÈTES ET POÈMES

M. Emile Ripert nous avait déjà donné d'éclatantes visions du *Chemin Blanc* et du *Golfe d'Amour*, lorsque ses poèmes sur *la Terre des Lauriers*, où il nous disait l'histoire héroïque et légendaire de la Provence à travers les âges, lui valut, en 1912, le Prix National de Poésie. A cette « Légende des siècles » provençale, M. Emile Ripert contait joindre un autre recueil, inspiré par la calme lumière du sol natal, un livre d'amour et de joie, lorsque survint la guerre. Et voilà comment une œuvre lyrique où s'exprime le deuil glorieux de la grande et de la petite patrie : *la Sirène blessée* (Plon, 7 fr. 50) paraît avant le livre où il ne devait y avoir que des hymnes de vie heureuse. Parmi les morts dont le souvenir, est magnifié par le poète, il y a Edmond Rostand, ce Provençal, qui chanta si merveilleusement la bonté humaine, le soleil, la Patrie, Citons ces vers :

Celle que Cyrano, debout au pied d'un arbre,
L'épée haute, attendait dans le vieux parc pensif,
Celle qui, dans l'exil de son caveau de marbre,
En son costume blanc couchait l'Aiglon captif,

Celle à qui, pèlerin de la Beauté suprême,
Rudel mendiait, pâle, un dernier lendemain,
Poète, celle-là vient sur votre front blême
D'étendre, impérieuse et sinistre, sa main.

Et nous, depuis quatre ans, broyés par la souffrance,
Sur ce sol où gisaient les plus nobles lutteurs,
Près des plus purs soldats de la plus douce France,
Nous avons dû coucher le plus doux des chanteurs.

Poète, c'est ainsi : puisqu'un destin tragique
A frappé les meilleurs, comme s'il eût choisi,
Il était donc cruel, mais il était logique
Qu'étant parmi ceux-là, vous succombiez aussi.

Or, vers quelle Princesse, à présent trop lointaine,
Voguez-vous sur la nef qui n'a point de rameurs,
La nef qui vers les cieux, sans voile et sans antenne,
Vole et dont le départ fait croire que l'on meurt ?

Vers quelle Tripoli, vers quelle Mélissinde,
Dans l'espace sans borne et dans le temps sans prix,
Voguez-vous sur des flots ineffables, que scinde
L'essor éblouissant de votre libre Esprit ?

Quel seuil bleu balayé par votre clair panache
S'est ouvert tout à coup pour vous donner accueil,
Tandis que sans un pli, certe, et sans une tache,
Ce panache de rêve a paru sur le seuil ?

Ou bien près de quel puits, dans quelle Samarie,
Votre âme, assise aux pieds d'un Sauveur indulgent,
Voit-elle monter l'eau qui n'est jamais tarie
Du cœur de l'Evangile aux cœurs des pauvres
[gens ?...

A noter, plus loin dans le même volume, le curieux poème dramatique en quatre tableaux d'une forme lyrique, ardente et tourmentée, où le poète évoque les crimes de la guerre sous-marine,. La Méditerranée latine, enchanteresse, y apparaît comme la Sirène blessée...

⁎⁎⁎

QUELQUES ROMANS.

M. Louis Forest est bien bon de s'excuser de rééditer un livre de jeunesse. Mais les livres de jeunesse, ce sont les plus aimables des livres, les plus spontanés, les plus personnels, les plus joliment parés de grâce neuve et de fraîcheur ! Ils ont des inventions d'une ingénuité sans prix et des maladresses touchantes. Plus tard, l'auteur saura plus correctement fabriquer ses livres et il les accommodera avec cette technique pédante qui gâte tout. Ah ! combien de romanciers célèbres, en pleine possession de la maîtrise de leur art, voudraient pouvoir refaire le roman de leur vingtième année !

Cela pour dire que le livre de jeunesse de notre excellent confrère Louis Forest, ce récit printanier qui s'intitule *l'Amour et le naïf* (Edit. de la Renaissance du Livre, 6 fr.), est délicieux à lire. Il nous rajeunit tous. Il nous fait oublier le temps qui nous emporte et il nous donne à revivre un peu des douces folies de ce qui fut notre avril. Nous avons tous un peu connu la gentille Pâquerette du roman, cette Musette modernisée, et même, peut-être, Madame Paulors sa mère, qui est une cousine de Madame Cardinal. Aujourd'hui, nous aimerions sans doute Pâquerette avec la sage prudence, le sceptique bon sens dont M. Louis Forest enrichit ses notes quotidiennes du *Matin*. Mais, jadis, quand M. Louis Forest et nous tous avions vingt ans, nous aurions fait de cette aventure légère un roman de bonne foi et de pure sensibilité qu'il aurait fallu précisément parer de ce titre jeune et charmant : « l'Amour et le Naïf ».

Les Dieux tremblent, par M. Marcel Berger (Albin Michel, édit., 6 fr. 75). Imaginez un palace somptueux édifié, par quelque miracle, sur les hauteurs inaccessibles du Lœrsberg. Un funiculaire relie seul la vallée à la cime devenue le lieu de réunion fortuite d'êtres privilégiés par la fortune, la situation, l'intelligence. En somme, dans ce palace orgueilleusement dressé au-dessus des nuages, il y a comme l'essence d'une humanité comblée de tous les dons possibles, et qui vit, là, à bonne distance des autres hommes avec une insouciance de dieux. On y trouve le financier milliardaire et sa fille, aux caprices de reine, le diplomate génial, l'inévitable député à qui tout réussit en politique, les nouveaux riches pas encore trop blasés, le ténor célèbre et la ravissante étoile, son amie. Il y a un couple d'amoureux qui vivent follement leur jeune passion. Il y a, enfin, un savant, le docteur Ponthus, qui soigne un étrange client, le seul malade et le seul neurasthénique, lequel étend sur ce tableau de félicité une ombre qui bientôt couvrira toutes choses. Nous sommes déjà au cœur du drame. L'homme qui va mourir veut entraîner dans son néant tout ce bonheur aux qualités diverses qui le martyrise et l'insulte... Un poison circule sous l'aspect d'une liqueur qui crée un enivrement nouveau. La mort commence à se promener dans les salons du palace. Le médecin sait que, dans la vallée, on pourra retrouver les soins indispensables, la vie... Mais le funiculaire ne fonctionne plus. On s'engouffre dans un souterrain qui s'enfonce au flanc de la montagne et dont on ne trouve pas l'issue. C'est une cohue, avec des cris de désespoir, de fureur, de haine, d'égoïsme. Les dieux tremblent ! et, devant la mort, redeviennent de pauvres hommes, très pauvres... L'idée du livre n'est pas absolument nouvelle, mais elle demeure intéressante et se rajeunit dans les applications distinctes qui en sont faites aux individus. Le récit s'anime en de multiples épisodes ingénieux et il évolue vers un dénouement qu'il nous faut laisser au lecteur le soin de découvrir lui-même.

Pour l'hirondelle, qui adore le vol éperdu dans les hautes altitudes et qui apprécie également le retour au nid étayé sur un solide mur, « vivre sa vie ! », c'est trouver le bonheur aussi bien près de terre que dans les grands espaces. Marie-Louise de Bonn, l'hirondelle savoyarde, entraînée dans un remous doré et futile, laisse à son ami d'enfance, Pierre de Nangy, le soin de découvrir ce que Paris peut faire d'un cœur de fillette affamée de plaisirs, mais demeurée aussi naturelle et simplement bonne que les vraies fleurs des champs de la petite patrie.

La charmante héroïne de M. Gérard de Beauregard dans *l'Hirondelle de Savoie* (Icheber, édit., Genève), sait, avec toute la grâce possible, nous convaincre que bien des jeunes filles méritent d'être jugées autrement que sur des apparences de hardiesse et de frivolité. Si la suite de l'idylle nous décide à l'indulgence, le roman tout entier, avec ses traits bien choisis, ses paysages adroitement aquarellés, nous entraîne à la sympathie.

Supposez que, par suite de quelque cataclysme atmosphérique, l'air que nous respirons se trouve vicié par un toxique pendant quelques jours. Que devient la vie humaine sous *le Ciel empoisonné* ? La réponse des savants sera décisive et accablante comme un verdict de mort. Mais l'imagination des romanciers nous donnera des espoirs et trouvera des solutions grâce à quoi une hypothèse aussi tragique se développe en un livre fort agréable, quand il est signé par Conan Doyle et traduit par M. Louis Labat (P. Lafitte, éditeur, 7 fr.). Le professeur Challenger prend ici, comme dans *le Monde perdu*, la place du personnage essentiel que Sherlock Holmès incarne dans les romans policiers de Conan Doyle.

MM. J. Jacquin et Henry Champly traitent, avec lucidité et courage, un sujet très délicat. Leur livre, qui s'intitule : *Ici l'on danse* (Renaissance du Livre, 6 fr.), nous promène non point dans les dancings, où évoluent des curieux et des professionnels, mais dans certaines réunions mondaines où le goût effréné des danses modernes se pervertit en un esthétisme morbide et déprimant. Le sport élégant y devient un sport galant. Que l'on prenne garde ! Cela peut faire des victimes. Le livre s'embaume d'un capiteux bouquet féminin où l'on distingue d'ailleur le parfum de vrais lys. On y rencontre des jeunes filles averties et des mères innocentes. On y voit d'inutiles et malfaisants petits jeunes

hommes tout à fait déplaisants, mais aussi des gens de cœur et d'esprit dont les attitudes, les propos expriment tout le bon sens généreux et moralisateur du livre.

Une dizaine de contes de la côte et du sol bretons nous est offerte par Charles Le Goffic (*Chez les Jean Gouins*, Delalain, éditeur, 3 fr. 25). Les « Jean Gouins », ce sont les marins de Bretagne, et l'auteur, en une préface qui vaut ses meilleurs récits, nous explique l'origine du nom. Suivent des pages où l'on retrouve, en sa forme la plus vivante, le talent riche du conteur : « le Cachalot facétieux », « Pilotin », « le Vaisseau fantôme », « l'Equipe de Sonnic », « Jean Daoulas », « l'Arbre des âmes ». Ces contes sont illustrés par le dessinateur-écrivain breton, Eugène Le Mouël.

Et puisque nous parlons des marins de Bretagne, il nous faut bien signaler le livre (De Boccard, édit., 6 fr.), où M. Auguste Dupouy consacre une série d'études descriptives à la vie des *Pêcheurs Bretons*, sardiniers, thoniers, chalutiers, langoustiers. Rarement, et hors du genre romanesque, le document fut présenté d'une manière plus pittoresque et plus prenante.

Qui-Rit-le-Palutier, de M. Pierre Gourdon, est un roman, breton encore (Calmann-Lévy, édit., 6 fr. 75). Il a été écrit dans ce marais du Bourg-de-Batz, où voltigent les légendes dans l'air salin et où, depuis des siècles, se continuent les mêmes familles de braves gens. Qui-Rit-le-Palutier est un de ces laborieux vieux habitants du Bourg-de-Batz, farouchement attaché à ses salines et qui défend les siens contre les mirages et le mensonge des grandes villes. Auprès de lui, Hervé Legal apparaît comme un transfuge, mais un transfuge qui sait reprendre le chemin du logis traditionnel, y retrouver des ombres et y entendre les voix qui guident une conscience inquiète. Et il nous apparaît, dans ce roman de la vie des salines, une bien fine et bien jolie paludière, Marie-Rose.

Albéric Cahuet.

Le Directeur : René Baschet. — Imp. de *L'Illustration*, 13, rue Saint-Georges, Paris (9ᵉ). — L'Imprimeur-Gérant : A. Chatenet.